李清照詞集

[宋] 李清照 著
吴惠娟 导读

图书在版编目（CIP）数据

李清照词集 /（宋）李清照著；吴惠娟导读. -- 上海:上海古籍出版社, 2014.1（2023.2重印）
ISBN 978-7-5325-7120-8

Ⅰ. ①李… Ⅱ. ①李… ②吴… Ⅲ. ①李清照（1084～约1156）—宋词—文学欣赏 Ⅳ. ①I207.23

中国版本图书馆CIP数据核字（2013）第257498号

封面题签：杨建臣
责任编辑：王冰鸿
封面设计：严克勤

李清照词集

［宋］李清照著　吴惠娟导读

上海古籍出版社出版发行
（上海闵行区号景路159弄1-5号A座5F　邮政编码201101）
（1）网址：www.guji.com.cn
（2）E-mail:guji@guji.com.cn
（3）易文网网址：www.ewen.co

制版印刷　上海丽佳制版印刷有限公司
开本　787×1092　1/32
印张　5　插页 4　字数 100,000
印数　41,401-42,700
版次　2014年1月第1版
　　　2023年2月第9次印刷
ISBN　978-7-5325-7120-8/I·2779
定价　30.00元

导 读

吴惠娟

李清照（1084–约1156），自号易安居士，齐州章丘（今山东济南）人。我国古代文学史上杰出的女作家。她的诗词千百年来深受人们的喜爱。宋王灼《碧鸡漫志》卷二说她“少年便有诗名，才力华赡，逼近前辈。在士大夫中已不多得，若本朝妇人，当推词采第一”。清人李调元亦云：“易安在宋诸媛中，自卓然一家，不在秦七、黄九之下。词无一首不工。其炼处可夺梦窗之席，其丽处直参片玉之班，盖不徒俯视巾帼，直欲压倒须眉。”（《雨村词话》）这些评论给予我们喜爱的女作家极高的文学地位，吸引着我们走近李清照。

一

李清照出身于士大夫家庭。父亲李格非，字文叔，宋神宗熙宁九年（1076）进士，官至礼部员外郎。李格非的文章受知于苏轼，为苏门"后四学士"之一。生平著作甚丰，传世仅《洛阳名园记》一卷。清照的生母为宰相王珪的长女，早逝。吏部尚书王拱辰的孙女是清照的继母，亦能文。清照在一个学识渊博、文化氛围浓厚的家庭中长大。以往，人们都认为独特的家庭环境对李清照的影响很大，这有一定的道理。其实，当时的士大夫家庭都很注意对女儿的教育，这是社会的需要而形成的一种时代风气。

北宋是一个文化相当成熟的时代，作为这个时代的上层士大夫阶层，"为了得到政治权力、社会影响力和文化上的领导权，还必须熟练地掌握文化传统，并能参与和分享时代思潮及其格调"。而"宋代理想的上层阶级的妻子不仅简单地献身于丈夫的家庭，她还要有管理方面的能力及文学天才和人际关系中高超的技巧，使她可以保持家庭的繁荣昌盛"（［美］伊沛霞《内闱——宋代的婚姻和妇女生活》）。士大夫家庭的女性，作为主内的家庭成员，也需要相当的文化水平和文学才识，方能担当得起相夫教子的重任。顺应时代的潮流，当时士大夫家庭的女性不仅获得了良好的教育，不少女性还能赋诗填词。李清照熟读经史子集，从她所写的诗、词、文中可映照出来。她的作品与民间的女性诗词发出的天籁之声不同，蕴含着深厚的文化积淀，无论是咏史还是用事，都烙上了传统文化的印记。李清照不仅诗、词、文皆擅长，还会绘画，明陈继儒的《太平清话》就载有莫廷韩购得易安所绘的墨竹一幅。她与当时的士大夫一样，具有很高的文艺才能。所以完全可以这么说，是北宋的士大夫文化孕育出了李清照这样一位杰出的女性文学家。

二

李清照的少女时代充满着快乐，除了读书之外，还常去郊外野游。她成年之后，还常常回忆起这段快乐时光：

> 常记溪亭日暮，沉醉不知归路。兴尽晚回舟，误入藕花深处。争渡，争渡，惊起一行鸥鹭。
>
> ——《如梦令》

词中寥寥数笔，活脱脱勾划出主人公的形象：娇憨又调皮、任性又天真，还多了一分迥别于一般少女的逸兴与雅趣。

李清照爱大自然，她曾写道：“水光山色与人亲，说不尽、无穷好。”(《怨王孙》)颇为开放的生活陶冶了清照开朗的性格，也涵育了清照的创作灵性。

清照十五岁后，待字闺中的她常写一些闺情词，抒发其淡淡的忧伤。这些词中既有李清照惜花伤春的多愁善感，也有青春期少女莫名的惆怅。在轻轻的叹息中，有着对自家青春的珍惜、对自我命运的关切。

这一首《浣溪沙》则是她少女心境最真切的写照：

> 莫许杯深琥珀浓，未成沉醉意先融。疏钟已应晚来风。
>
> 瑞脑香消魂梦断，辟寒金小髻鬟松。醒时空

对烛花红。

词的上片写长日难遣。醇酒醉人，聊以解忧，醉酒不成，百无聊赖。日暮时钟声与风声相互应和，声声入耳，更觉深闺沉闷与寂寥。下片写长夜难熬。暖香催梦，聊以消愁，然愁思盘纡而梦寐不成，更觉闲愁难遏。中宵不寐之人与闪烁的烛花无言相对，一个“空”字牵出词中人多少的幽怨和孤寂。全词以“琥珀浓”、“瑞脑香”、“辟寒金”、“烛花红”点缀闺房，色泽秾丽，气象华贵，但反衬的是闺房的空寂和冷清，于是陡增了女主人心中情感无所依归的悲凉。小词把无形迹可求而又难以言说的幽闺之情表现得极为含蓄、深沉。

李清照十八岁嫁给太学生赵明诚。赵明诚的父亲赵挺之时为吏部侍郎，后为崇宁年间宰相。明诚爱好金石之学，婚后的李清照是明诚的知音和合作者，可谓志同道合，伉俪相得。沐浴在爱河中的李清照写下了新婚燕尔、闺房昵意的情词《减字木兰花》：

卖花担上，买得一枝春欲放。泪染轻匀，犹带彤霞晓露痕。

怕郎猜道，奴面不如花面好。云鬓斜簪，徒要教郎比并看。

鲜花娇美，令人爱不释手，若是郎君见了，是悦花呢还是爱人？揣度郎君的心思婉曲写来，痴情之心宛然可见。新嫁娘“云鬓斜簪”，教郎品评，是带露的花儿好看还是新嫁娘的容颜风姿更美？娇憨之态可感。读其词，我们可以深切体会到沉浸在幸福的爱情生活中李清照细腻的心理活动。

李清照晚年在其著名的《金石录后序》中也曾回忆到这段志趣相投的甜蜜而又充实的幸福生活：

余建中辛巳，始归赵氏。时先君作礼部员外郎，丞相时作吏部侍郎，侯年二十一，在太学作学生。赵李族寒，素贫贱。每朔望谒告出，质衣取半千钱，步入相国寺，市碑文果实归，相对展玩咀嚼，自谓葛天氏之民也。

三

在人们的心目中，李清照将度过幸福的一生。但也许是“天意从来高难问”，婚后一年，清照之父因受党争的牵连，名列“元祐奸党”，被罢官离京，直至去世未再返京任职。此时，作为女儿的李清照怎能坐视不管，她写诗上呈公公赵挺之救其父，诗中呼喊：“何况人间父子情！”清照救父无果，眼看着父亲在政治风波中沉没，而公公则连升三级，势焰正盛，心中无比郁闷伤心，发出了“炙手可热心可寒”的慨叹。李清照作为已出嫁的女儿，在生活上不一定受到党争直接的冲击，但在心灵上却不可避免地陪同着父亲一起遭难。

在北宋党争激烈的时代里，政治风波起伏不定，政要更迭频繁不已。生在搢绅之家，并没有安全感，灾难打击随时可至。不久，赵挺之受蔡京的排挤，不得不请求罢相归青州私第。可是不到十天，风向逆转，蔡京去相，赵挺之留任。而赵挺之第二次居相位约一年，又被罢官，罢后五日即卒。蔡京命开封府逮捕其在京亲属，网罗罪责。赵挺之的三个儿子也受牵连，不得不“屏居乡里”。清照和明诚从“贵家子弟”一下子跌落为乡间的平民百姓，品尝了人生移位的辛酸。但夫妇俩“虽处忧患困穷而志不屈”，明诚把精力转向金石研究，寻访各种碑刻，静心于学术撰著，清照则全力助成之。

明诚、清照夫妇情深意合，风雅互赏。他们常在一起“同共校勘，整集签题”，赌茶猜书，生活充满了情趣，这在封建社会里固已超出寻常万万。但令人羡慕的家庭也有遗憾——他们没有子女，这使封建社会中以家庭为中心的女性少了一份感情寄托，李清照因此把感情集中在丈夫身上。李清照在家庭生活中对丈夫情感回应的期待很高。然而作为封建社会士大夫中的一员，赵明诚的人生目标往往是与仕途追求联系在一起的。在仕途中为君为民服务，从而体现自身的人生价值，这是封建社会中士大夫承担的社会责任和义务，这要占去他们的大部分精力。赵明诚受父亲的牵连，被迫屏居青州，但这并不能消解他在这一方面的期待。另外，赵明诚爱好金石，既然仕途受挫，对金石研究的精力就相对集中。在青州后期，赵明诚所撰《金石录》已初具规模，该书共三十卷，对所见钟鼎彝器铭文款识和碑铭墓志石刻文字加以辨正，共跋尾502篇，这大约花去明诚二十年的功夫（见赵明诚《金石录》序：“于是益访求藏蓄，凡二十年而后粗备。”）。故赵明诚婚后二十馀年间常常需外出寻访和考订碑刻，仅青州期间就有多次寻访。如为探寻胜迹和稀世碑刻，曾五游仰天山，三过灵岩寺。（灵岩寺在泰山西北麓的方山，寺内有唐人李邕所撰的《灵岩寺颂碑》。）赵明诚多次外出寻访，广集碑刻，常留下善感的李清照独守空房。青州十年屏居生涯结束，明诚任莱州守，清照未能同行，一年后才赴莱与明诚团聚。这一年里她又天天品尝着孤独和寂寞的人生况味。

李清照婚后独居的日子里，为了排遣孤寂和思念，写下了多首吐露心声的闺怨词。较著名的作品有《一剪梅》：

红藕香残玉簟秋，轻解罗裳，独上兰舟。云中谁寄锦书来？雁字回时，月满西楼。

花自飘零水自流，一种相思，两处闲愁。此情无计可消除，才下眉头，却上心头。

元伊世珍《琅嬛记》云："易安结缡未久，明诚即负笈远游。易安殊不忍别，觅锦帕书《一剪梅》词以送之。"徐培均先生据易安《金石录后序》推论，此"负笈远游"当指明诚外出寻访碑刻。婚后不久的小别，对于深于情专于情的易安来说，可谓黯然销魂。不论是白昼泛舟出游，还是夜晚的望月盼书，为的是排遣铭心的思念，寄托别离的伤情。面对红荷香残的秋色，弥漫词人心境的是无言的惆怅与寂寞。流水落花带走了年华，却留下了别离人无尽的相思，深邈缠绵，无计可除。

还有名篇《凤凰台上忆吹箫》：

香冷金猊，被翻红浪，起来慵自梳头。任宝奁尘满，日上帘钩。生怕离怀别苦，多少事、欲说还休。新来瘦，非干病酒，不是悲秋。

休休！这回去也，千万遍《阳关》，也则难留。念武陵人远，烟锁秦楼。惟有楼前流水，应念我、终日凝眸。凝眸处，从今又添，一段新愁。

此词大约作于赵明诚出任莱州守时，这一年清照没有和明诚同行。明诚独自赴任，清照与明诚离别之后写下了这首词。词的上片连续铺叙四件日常琐事，写出了人物生活的慵态，婉转曲折地表现了抒情主人翁别前复杂的心绪。下片主要抒发别后的相思。《阳关》情深，留不住远去的亲人，只留下独守空闺的寂寞人，冷清孤寂，满腹的相思企盼惟有向楼前的流水倾诉。结拍由“新愁”回应上片的“新瘦”，深化了离愁，馀韵更为隽永。

李清照婚后独居日子里刻骨铭心的人生体验，都化成了一首首优美的词篇，如《醉花阴》（薄雾浓雰愁永昼）、《点绛唇》（寂寞深闺）、《念奴娇》（萧条庭院）等。这些词都表达了清照别离的痛苦、独居的无聊以及对丈夫强烈的思念之情。

因为这些词写得很含蓄，很容易引发读者种种联想。前些年围绕着赵李的夫妻感情生活，有些学者提出了一些新的看法。有学者认为赵明诚纳妾，对李清照有所疏远，而李清照又无嗣，故李清照时有婕妤之叹，婚后的闺怨词是其内心隐秘的曲折流露。持有这一观点的学者不仅对其在青州期间的闺怨词作了新的诠释，而且还涉及到在青州之前，清照新婚一年之后的作品以及青州之后的一些作品。认为赵明诚纳妾的学者多依据李清照《金石录后序》中言赵明诚“取笔作诗，绝笔而终，殊无分香卖履之意”。“分香卖履”是个典故，语出《陆机集·吊魏武帝文》引《曹操遗令》云：“馀香可分与诸夫人，诸舍中无所为，学做履组卖也。”其大意是多馀的名贵香料可以分给众妾，妾中无谋生特长的，可以学做鞋子卖钱为生。此典后来专指人临终时舍不得丢下妻妾。认为赵明诚纳妾的多依据这一材料。笔者认为，赵明诚是否纳妾此外无材料可考。退一步讲，即使赵明诚纳妾，是否影响到赵李的夫妻感情，使夫妻感情产生了危机，现在也没有直接的资料作依据。赵李的夫妻感情既有超出封建社会中寻常夫妻万万的一面，也有寻常夫妻感情生活中免不了的分歧、摩擦和矛盾的一面。因为李清照是一位有丰富文化底蕴以及颇有个性的“士大夫”式的女性，并不是封建社会家庭生活中对丈夫百依百顺的无主见的寻常家庭主妇，但这并不影响和谐的主流。“琴瑟相和”，这在赵明诚《金石录》和李清照《金石录后序》的字里行间中都有所流露。

清照屏居青州之初，曾写了一首咏白菊的《多丽》，她感叹白菊的命运：“明月清风，浓烟暗雨，天教憔悴度芳姿。”意谓白菊承受过明月清风的爱抚，也遭受了浓烟暗雨的摧残，清照的命运与白菊的命运何其相似。词人怜惜白菊玉貌丰姿逐渐憔悴的清词丽句，竟成了词人以后不幸命运的写照，词语竟成谶语！

清照在莱州生活了三年后，又随夫辗转于淄州、江宁等地。其间发生了历史上著名的靖康之变，清照目睹社稷的重大变故，与热血男儿一般，感慨万分，情不自禁写下了“南渡衣冠少王导，北来消息欠刘琨”、“南来尚怯吴江冷，北狩应悲易水寒”等诗句。明诚罢知江宁府后，夫妇将择居赣水上。行至池阳，途经项羽庙，清照写下了名垂千古的悲愤之作《乌江》：

生当作人杰，死亦为鬼雄。
至今思项羽，不肯过江东。

此诗表现了一位被社会政治排斥在外的女性忧国的思考，这种可贵的思考超越了性别的局限，蕴含了深沉的忧患意识和强烈的爱国热情，读之令人肃然起敬。李清照南渡以后的词虽然没有像陆游、辛弃疾那样慷慨激昂地呼号收复失地，也没有像她的诗那样沉郁悲凉直陈爱国情怀。但她所描绘的日常生活中浸透了乡愁，乡愁中同样有着浓郁的故国之思，毫无疑问，也委婉曲折地表达了她深沉的忧国之情。如《菩萨蛮》：

风柔日薄春犹早，夹衫乍着心情好。睡起觉微寒，梅花鬓上残。

故乡何处是？忘了除非醉。沉水卧时烧，香消酒未消。

风和日丽的初春，人们以轻便的夹衫换取了厚重的冬装，冬春的交替顿使人感到轻快和愉悦。此时李清照因“靖康之变”寓居江南，身在异乡倍感南方早春的温暖，无形中唤起她对北方春寒料峭的回忆，由此联想到未能回归的北方家园。上片虽未写有关故乡的只字片语，但已暗逗乡思。乍暖还寒，鬓上梅残，好心情已渐渐转换成一种轻轻的难以言传的惆怅。微微的相思、轻轻的惆怅汇合成一股情感的波浪，拍打出浓浓的乡愁。由此引起下片。故乡邈远，虽遥望不及但终难忘怀，惟有醉酒才能排遣。临睡前点燃的沉香伴随词人进入梦乡，梦醒香消而宿酒尚存，可见饮酒之多，醉意之浓。借酒消愁以忘思乡之情，然后乡情比酒味浓烈，比香味持久。词人不言“乡愁”二字，而乡愁始终萦绕于字里行间。再如《鹧鸪天》：

寒日萧萧上锁窗，梧桐应恨夜来霜。酒阑更喜团茶苦，梦断偏宜瑞脑香。

秋已尽，日犹长，仲宣怀远更凄凉。不如随分尊前醉，莫负东篱菊蕊黄。

此词当作于建炎二年秋。词的上片着意渲染秋日清寂的环境气氛和人物的抑郁不欢。锁窗是美好的装饰，醇酒、团茶、瑞脑尽是美好的物品，但却没有带来任何的热闹和欢乐，相反寒日映照锁窗，所见一片萧索。独酌闷酒，苦茶醒酒，是因为满腔愁浓。词人笔笔叙来，移情于物，寂寞无聊、悲秋伤时之情隐约可见。下片以王粲登楼忧时怀远之典暗喻自己的思乡之情，既照应了上片隐约流露的悲秋伤时之情，又深化了此情的内涵，把乡思与国难紧紧联系在一起。此段时期，类似的作品还有《蝶恋花》（永夜恹恹欢意少）、《临江仙》（庭院深深深几许）、《诉衷情》（夜来沉醉卸妆迟）等。

四

宋高宗建炎三年（1129）五月，赵明诚在池阳接到皇帝的诏令，任湖州知州。六月中旬，赵明诚在赶往行在建康城应诏的途中身染重疾。清照获知后即从池阳直奔建康照料，但赵明诚已病入膏肓，八月十八日病故，时清照四十六岁。从此，李清照开始了凄凉感伤的寡居生活。请看《孤雁儿》：

藤床纸张朝眠起，说不尽，无佳思。沉香

烟断玉炉寒，伴我情怀如水。笛声三弄，梅心惊破，多少春情意。

小风细雨萧萧地，又催下，千行泪。吹箫人去玉楼空，肠断与谁同倚。一枝折得，人间天上，没个人堪寄。

此词以咏梅来悼念赵明诚。上片由寡居之苦写起，以心境之黯淡、环境之凄冷，抒发词人的悲凉情怀。接着用逆笔，写《梅花三弄》的笛声，催开了梅的蓓蕾，送来了春天的气息，也宛转流露了闻笛怀人，追忆夫妻恩爱往事的绵绵深情。下片从室外的风雨落笔，风雨催泪，深一层表达了人物的痛苦。词人从笛声联想到箫声，由"吹箫人去"的故事联想到夫亡，从而点明了悼念丈夫的主旨，最后化用折梅寄梅之典，以"没个人堪寄"收束全篇，写出了未亡人的孤苦凄凉。

还有《好事近》：

风定落花深，帘外拥红堆雪。长记海棠开后，正伤春时节。

酒阑歌罢玉尊空，青缸暗明灭。魂梦不堪幽怨，更一声啼鴂。

此词以历经风霜的嫠妇的凄凉心境，写风定花落后，拥红堆雪的一片沉寂。这是春花生命的终结。红白相映，虽然醒目，但落英满院，甚为凄美。这使词人又追忆起少女时代歌咏海棠花谢的小词《如梦令》，"绿肥红瘦"，花事将了。但那时残红犹缀枝头，尽管伤感，仍然轻快，虽然叹息，总还轻盈。词人面对自然界的变化，经受的是人生有限、青春短暂的觉醒式的淡淡哀伤。而如今国破家亡，同为伤春，况味有别。酒阑人散，热闹之后，留下的只是空寂。青灯孤影，魂梦幽怨，一片凄凉。匆匆而来的春天又将匆匆归去，她带走了自然界的芳菲，却永远无法带走一个孤寡老人无情无尽的愁苦忧伤。

李清照在夫亡之后，往依其弟李迒。时又传赵氏有“颁金”之语。此传言是说赵明诚在世时，曾以玉壶投献金人，贿赂通敌。李清照明知此为妄言，但也非常惊恐。为洗刷“玉壶颁金”之诬，携家中所收藏的铜器追随高宗行踪以投进。然而，一次次扑空，铜器最后也没有进献成。李清照把器物与写本存在剡地（今浙江嵊县），后来官军平定叛乱的兵卒时，取走了全部的器物和写本。据说器物、写本最后“尽入故李将军家”（参见李清照《金石录后序》）。也许是李清照追随高宗辗转浙江之举，使谣传不攻自破，“颁金”的风波总算平息。身为嫠妇的李清照独自流寓两浙，品尝了孤身奋战的艰辛，也承受了形影相吊的孤独。

绍兴二年（1132），李清照在一场大病之后，受骗改嫁张汝舟，三个月后离异。李清照告发张汝舟谎报参加科举考试的次数骗取官职，张受到编管柳州的惩处。按当时宋代的刑律，妻告夫虽得实，也需服刑二年。因赵明诚姑表兄弟綦崇礼施以援手，清照入狱九天而获释。宋代妇女再嫁并不违当时习俗，但改嫁不一定能得到亲朋好友的支持与理解。再说所嫁匪人，更引起各种非议。再嫁风波时间虽短，但李清照付出了沉重的代价。此风波深深地伤害了李清照，使其心神疲惫。其《山花子》词首二句“病起萧萧两鬓华，卧看残月上窗纱”，正写出了作者经历坎坷后的衰老和孤寂。

但经受过心灵创伤的李清照并没有被生活中的波折冲垮。她那深入骨髓的士大夫忧国意识，促使她忘掉个人的不幸，去关注时代和大局。绍兴三年（1133），南宋枢密院副长官韩肖胄奉宋高宗之命出使金朝，给事中胡松年以试工部尚书身份任使金副使，他们去探视被俘在金的宋徽宗和宋钦宗。李清照写下《上枢密韩公》二诗送行，诗中云："欲将血泪寄山河，去洒东山一抔土。"表达了作者满腔的爱国热忱。诗歌写得壮怀激烈，不见五十老妪丝毫衰惫之气。近代陈衍《宋诗精华录》卷四评云："雄浑悲壮，虽起杜、韩为之，无以过也。古今妇女，文姬外无第二人。然文姬所遇，悲愤哀痛，千古无两，私情公谊，又自不同矣。"

两年后李清照在金华，又有诗题名胜八咏楼：

千古风流八咏楼，江山留与后人愁。
水通南国三千里，气压江城十四州。

——《八咏楼》

此诗气势恢宏，风格豪迈，完全可与那些题咏在楼壁的历代名诗相媲美，而就其诗歌的含蕴之深和襟怀之大来说，似乎还要略胜一筹。因那些名诗仅仅局限在个人身世的感怀和友朋之念的唱叹上，无人与感慨江山联系在一起。

约一年之后，李清照结束了颠沛流离的生活，定居于临安。晚年的李清照生活虽然安定了，但仍没有摆脱孤独无依的命运。家国的重大变故，给李清照的心灵留下了难以愈合的伤痕。她在孤独和寂寞中"常怀京洛事"（宋张端义《贵耳集》卷上）。此间，李清照写下了著名的元宵词《永遇乐》：

落日熔金，暮云合璧，人在何处？染柳烟浓，吹梅笛怨，春意知几许？元宵佳节，融和天气，次第岂无风雨？来相召、香车宝马，谢他酒朋诗侣。

中州盛日，闺门多暇，记得偏重三五。铺翠冠儿，捻金雪柳，簇带争济楚。如今憔悴，风鬟霜鬓，怕见夜间出去。不如向、帘儿底下，听人笑语。

词中词人以节日美好的气氛和自己寥落的心绪对比，以往昔京华度节的热闹快乐与今日的悲怆凄凉对比，又以他人的人伦之欢与自己的嫠妇之悲对比，在寻常题材、寻常语言中，融入了深沉的家国之恨、身世之感。宋末爱国词人刘辰翁读此词"为之涕下"。

此外，李清照还写了一首被称为绝唱的秋词《声声慢》：

寻寻觅觅，冷冷清清，凄凄惨惨戚戚。乍暖还寒时候，最难将息。三杯两盏淡酒，怎敌他、晚来风急？雁过也，正伤心，却是旧时相识。

满地黄花堆积，憔悴损，如今有谁堪摘？守着窗儿，独自怎生得黑？梧桐更兼细雨，到黄昏、点点滴滴。这次第，怎一个愁字了得！

梁启超对此词的情感内涵给予极高的评价："那种茕独凄惶的景况，非本人不能领略，所以一字一泪，都是咬着牙根咽下。"梁启勋更谓之"动人魂魄"。

李清照的生命之树就这样在寂寞和孤独中逐渐枯萎。

据大多数学者推测，李清照大约在七十三岁那年悄然离世。卒年不见载籍。李清照的晚境是凄怆的。她究竟死于何时，葬于何地，无人知晓。只有她留下的文学作品为其铸成了丰碑，永远让后人敬仰膜拜。

五

前面曾谈到北宋的士大夫阶层对女性的教育很重视，当时士大夫家庭善写诗词的女性也不少，但作品能流传千古的却屈指可数。李清照不仅是宋代女性诗人中的佼佼者，也是中国古代女性文学史上艺术成就最为突出的一位。李清照曾咏叹过百花中迹远品高的桂花，赞它“自是花中第一流”(《鹧鸪天》)。如果把古代优秀的女性诗词比成是盛开的百花，那么李清照的诗词无愧是“花中第一流”。而其词对后世的影响则大于诗。她被后人与李后主、柳永、秦观、周邦彦等一起推为“当行本色”的婉约派代表，清人王士禛在《花草蒙拾》中则给予李清照最高的地位，称“婉约以易安为宗”。我们从李清照词的艺术成就来看，此言并非过誉。

不过，以婉约来概括李清照词的风格似乎还粗略一些，李清照词除了婉约的主导风格之外，细品之下还含有其他多元的风格特点。即使是婉约风格的词里，也融合了其个性的特质。近人沈曾植别具只眼,他从人们一味推崇李词的婉约中,看到了其词不能仅用婉约来概括的风格特点，他在《茵阁琐谈》中说：“易安倜傥，有丈夫气，乃闺阁中之苏辛，非秦柳也。”又：“易安跌宕昭彰，气调极类少游，刻挚且兼山谷……自明以来，堕情者醉其芳馨，飞想者赏其神骏。”确实，李清照词仅用婉约概括是不够的。如《渔家傲》（天接云涛连晓雾）“九万里风鹏正举。风休住。蓬舟吹取三山去”，那是何等的气概！无怪乎梁令娴《艺蘅馆词选》乙卷要说“此绝似苏辛派，不类《漱玉集》中语”。而《如梦令》（常记溪亭日暮）、《忆王孙》（湖上风来波浩渺）的俊逸和倜傥也给人们传递了不同于婉约的美感。再如《浣溪纱》（淡荡春光寒食天）、《山花子》（病起萧萧两鬓华），台湾学者郑骞在《成府谈词》中说“亦皆于芳馨之中，寓神骏之气”。而这些特色又各有其对应的欣赏者，故李清照词的流行面特别广泛，李清照亦因其词的流行获得了同时代和后代人们的崇仰，出现了“百代才人拜后尘”（王僧保《论词绝句》）的现象。

读李清照的词，我们便会发现其词无论是咏叹日常生活中女性的欢乐和感伤，还是抒发社会动乱时期的家国之感慨，都让读者感受到作品中涌动着作家的一腔真情。李清照没有男性词人集子中大量的应酬之作，她把词的创作作为生活的一部分，把创作与生活融合在一起，用创作来记录她的生活轨迹和情感经历，用创作来诉说自己生活中的感受。阅读她的作品，仿佛能听到她低低的絮语，轻轻的叹息，深深的感慨。

李清照词的早期创作，有一个习作阶段，颇有意味的是，即使是习作，其中也充满了真情实感，也真实地记载了自己的人生体验。

少女时代的李清照喜欢韩偓的诗，所以刚写词的她，喜欢从韩偓的诗意入笔，但往往入笔后总能结合自己的生活体验，推陈出新。如《点绛唇》：

蹴罢秋千，起来慵整纤纤手。露浓花瘦，薄汗沾衣透。

见客入来，袜划金钗溜。和羞走。倚门回首，却把青梅嗅。

此词化用了韩偓《偶见》的诗意，韩诗云："秋千打困解罗裙，指点醍醐索一尊。见客人来和笑走，手搓梅子映中门。"并多了细节描写，如上片的"慵整纤纤手"和下片的"袜划金钗溜"、"倚门回首，却把青梅嗅"。而这几个细节充满了生活气息，体现了女性感受生活的敏感和细腻，我们既见抒情主人公的外表形态，亦见其内心世界。韩诗中的形象虽也生动，但不如李词的儿女情态更为稚拙可爱。这是因为李清照在作词时融入了自己的生活感受。还有《如梦令》：

昨夜雨疏风骤，浓睡不消残酒。试问卷帘人，却道海棠依旧。知否，知否？应是绿肥红瘦。

韩偓有《懒起》诗，末四句云："昨夜三更雨。临明一阵寒。海棠花在否？侧卧卷帘看。"词人化用了韩偓的诗意，感海棠花事以咏闺情。小词以咏落花而惜春，其中也含有青春易逝的感叹。词人的多情善感有着对自我命运的关切。这些小词都有出蓝之妙，其妙处即在词中都更富有内在的生命力。

我们读李清照的词，仿佛能听到她来自于内心的各种诉说。"此情无计可消除，才下眉头，却上心头。"（《一剪梅》）这是她向远方的明诚低回宛转地诉说着自己深深的思念；"惜别伤离方寸乱。忘了临行，酒盏深和浅。好把音书凭过雁，东莱不似蓬莱远。”（《蝶恋花》）这既是她对依依惜别的姐妹的劝慰，也是一种自慰；“我报路长嗟日暮，学诗漫有惊人句。”（《渔家傲》）这是她向天帝倾诉自己上下求索、已临暮年而终少收获的苦闷；“旧时天气旧时衣，只有情怀不似旧家时。”（《南歌子》）这是寡居的她触景伤怀的万端感慨；而“故乡何处是？忘了除非醉。”（《菩萨蛮》）则是她带着血泪的悲叹，她将一怀思乡愁绪诉诸杯中物。千百年来，这些充满着真情的声音，始终能拨动着人们的心弦，人们往往会情不自禁地循着这真情告白，去寻觅词人笔下的种种人生踪迹，与李清照同品生活和时代赋予她的欢乐和悲哀。

必须一提的是，李清照作为一个女作家，第一个在文学作品中真实地抒发了夫妇感情生活中的种种感受。如：“怕郎猜道，奴面不如花面好，云鬓斜簪，徒要教郎比并看。”（《减字木兰花》）写出了新婚燕尔，伉俪相娱的深情；“莫道不销魂，帘卷西风，人比黄花瘦。”（《醉花阴》）写出了独守空房的闺中人无以排遣的相思之情；“休休。这回去也，千万遍《阳关》，也则难留。”（《凤凰台上忆吹箫》）写出了丈夫远行前夕，闺中人难以为别的痛苦之情；而“吹箫人去玉楼空，肠断与谁同倚？一枝折得，人间天上，没个人堪寄。”（《孤雁儿》）则写出明诚去世后，未亡人悲凉的悼亡之情……

六

李清照的词不仅笔情浓至，富有感染力，还特别善于锤炼语言，并能以平常自然的面貌出现，表达细微深入的情意，达到了“极炼而不炼，出色而本色”（《艺概·词概》）的最佳效果。如“宠柳娇花”，写出了初春时节，人们看到新柳和鲜花后的一种喜爱程度，也写出了柳刚抽芽、花刚盛开时的娇嫩。又如“绿肥红瘦”，以绿代叶、以红代花，以“肥”字状绿叶，以“瘦”字状海棠，写出了春雨之后，绿叶受到雨水的滋润变得更饱满，而花儿则受到雨的打击，由繁丽而零落的景象，显得凄婉。此四字虽明白如话，但造语新颖，别出一格，给人的印象特别深刻。故清王士禛《花草蒙拾》赞曰：“如‘绿肥红瘦’、‘宠柳娇花’，人工天巧，可称绝唱。”再如“雪清玉瘦”、“浓烟暗雨”、“柳眼梅腮”、“云阶月地”等等，既平易又极有表现力。

而她在作品中的一些比喻，更是巧夺天工，令人击节叹赏。如《醉花阴》：

> 薄雾浓雰愁永昼，瑞脑销金兽。时节又重阳，宝枕纱厨，半夜凉初透。
>
> 东篱把酒黄昏后，有暗香盈袖。莫道不销魂，帘卷西风，人比黄花瘦。

关于这首词，曾流传一个美丽的故事：“易安以重阳《醉花阴》词函致明诚。明诚叹赏，自愧弗逮，务欲胜之。一切谢客，忘食忘寝者三日三夜，得五十阕，杂易安作，以示友人陆德夫。德夫玩之再三，曰：‘只三句佳。’明诚诘之，答曰：‘莫道不销魂，帘卷西风，人比黄花瘦。’政易安作也。”故事出自《琅嬛记》，但未必可靠。不过“莫道”三句绝妙，非他人所能及，确是实情。徐培均据于中航《李清照年谱》考，大观二年（1108）重阳节，赵明诚与妹婿李擢游仰天山，流连忘返，留下易安独居青州。良辰佳节，无人相伴，把酒赏菊，寂寞难遣，词人遂写词抒怀。词人为别离而黯然神伤，篱间菊花散发的阵阵幽香没能给词人带来任何快慰，反而增添了心中的凄清之感，当西风卷动珠帘时，词人不免惜花自怜，即景设喻，写出了“人比黄花瘦”的千古名句。此喻新奇而传神，菊花花瓣细长，色泽以黄为基调，与“瘦”易于联系。再则，菊花优雅高洁，与词人精神有相通之处。时值重阳，黄昏黄花，更形憔悴。以此句来比喻相思之情，含蓄蕴藉，雅畅脱俗。此外令人赞叹的还有“香脸半开娇旖旎。当庭际，玉人浴出新妆洗”（《渔家傲》）、“只恐双溪舴艋舟，载不动、许多愁”（《武陵春》）等。前者，词人用丰富的想象，把腊梅比喻成含情脉脉、娇柔多姿的美人，表现出腊梅花蕾初绽、柔美清新的绰约风姿。后者词人则用巧妙的比喻，将这看不见摸不着的愁思具象化。于是化虚为实，将词人国破家亡无法排遣的双重悲感表现得曲折深婉，真切生动。清陈廷焯《白雨斋词话》卷二赞曰：“易安《武陵春》后半阕云：‘闻说双溪春尚好……载不动、许多愁。’又凄婉，又劲直。”

李清照还特别善于熔铸前人的书面语，用典如同己出。前面曾谈到李清照受北宋士大夫文化的影响，饱读经史子集。故她写的词，不少语言融化了前人的诗、词乃至散文的句子，但融化不露痕迹，显得自然妥帖。如“清露晨流，新桐初引”（《念奴娇》），用的是

《世说新语》的成句，写清新的春意逗发游兴，与前后词意天衣无缝，丝毫不生硬牵强。如“仲宣怀远更凄凉”(《鹧鸪天》),词人借着“仲宣怀远”这一典故，以王粲自喻，含蓄地写出了自己悼念离世的丈夫，怀想远在千里的故园的沉痛悲感。借古寄情，写得浑成自然。又如“有暗香盈袖”(《醉花阴》),取意于《古诗十九首》之九：“馨香盈怀袖，路远莫致之。”而“此情无计可消除，才下眉头，却上心头”(《一剪梅》),则化用了范仲淹《御街行》词句：“都来此事，眉间心上，无计相回避。”但化得自然，如同己出，且高出一筹。李清照将“眉头”与“心头”相对比，“才下”与“却上”成起伏，故王士禛于《花草蒙拾》中赞其“特工”。为了更方便读者对李清照词的阅读和欣赏，我们择要将其词中化用的古人诗词文句列于词后，每条前面用◎表示。

李清照词的语言艺术中，最为人称道的是以寻常语、口语入律。如《永遇乐》“如今憔悴，风鬟雾鬓，怕见夜间出去”,宋人张端义在《贵耳集》中评此句曰：“皆以寻常语言入音律。炼句精巧则易，平淡入妙者难。”确实，“平淡入妙”不是一般词人所能达到的境界，而李清照似乎是信手拈来即成。如《忆王孙》“说不尽，无穷好”,词人仿佛自语，细品却是对仗工整、平仄协律的妙句。再如《如梦令》“知否，知否？应是绿肥红瘦”,以《如梦令》的格式，这里必须是二字句的重叠，李清照以其高超的驾驭语言的能力，用口语协律，且与前面的语气、词意连贯，把女主人不耐烦的口气、莫名烦恼的心情全都生动地表现出来了。

李清照词的语言所显示的高超的艺术造诣，一方面来源于李清照对语言极为精细的辨析力，对词的语言本身的韵律和节奏的高度敏感，对当时流行的词体音乐的深切理解和熟稔；另一方面也来源于李清照对生活的直接体悟所产生的创作灵感。还有一点不能忽视的是李清照具有丰厚的文学艺术的学养。这多方面的因素使李清照词的语言具有永恒的艺术魅力。

李清照是一位深受人们喜爱的女性文学家，她的词流传千古，历代评论家都留下了各具见解的点评或综论。二十世纪以来，李清照的研究始终是一个热点。本书有选择地吸取了不少前人时彦的研究成果，其中包括人民文学出版社1979年版王学初校注的《李清照集校注》、齐鲁书社1981年版黄墨谷的《重辑李清照集》、上海古籍出版社2002年版陈祖美撰《李清照诗词文选评》、北京出版社2001年版陈祖美《李清照新传》，特别是上海古籍出版社2002年版徐培均的《李清照集笺注》。为了方便读者，我们将历代评论及对李清照词的系年择要列于每首词后，每条前面用◆表示。但现存关于李清照生平事迹的资料不多，其作品的系年至今尚存争议。本篇导读旨在为大家阅读李清照的作品提供一个线索，并非作品系年的研究，倘有不妥之处，望读者和专家不吝赐教。

2009年夏于槐西斋

目　录

【李清照词集】

存疑词作

附 录

李清照词集

如梦令

常记溪亭日暮，
沉醉不知归路。
兴尽晚回舟，
误入藕花深处。
争渡，争渡，
惊起一行鸥鹭。

◆矫拔空灵，极见襟度之开拓。（龙榆生《漱玉词叙论》）

如梦令

昨夜雨疏风骤，
浓睡不消残酒。
试问卷帘人，
却道海棠依旧。
知否，知否？
应是绿肥红瘦。

◆此词作于南渡前，写惜春之情，其中化用韩偓《懒起》（一作“闺意”）诗意。韩诗下半云：“昨夜三更雨，临明一阵寒。海棠花在否？侧卧卷帘看。”情景差相似。姑系于崇宁初。（徐培均《李清照集笺注》）

◆近时妇人能文词如李易安，颇多佳句。小词云：“昨夜雨疏风骤，浓睡不消残酒。试问卷帘人，却道海棠依旧。知否，知否？应是绿肥红瘦。”“绿肥红瘦”此语甚新。又九日词云：“帘卷西风，人似黄花瘦。”此语亦妇人所难到。易安再适张汝舟，未几反目，有启事与綦处厚云：“猥以桑榆之暮景，配兹驵侩之下才”，传者莫不笑之。（宋胡仔《苕溪渔隐丛话》）

◆《如梦令》云：“应是绿肥红瘦”，语甚新。（明瞿佑《香台集》卷下《易安乐府》）

◆此句较周词更婉媚。（明杨慎批点本《草堂诗馀》）

◆韩偓诗云：“昨夜三更雨，今朝一阵寒。海棠花在否？侧卧卷帘看。”此词盖用其语点缀，结句尤为委曲

《如梦令》（昨夜雨疏风骤）词意图

精工，含蓄无穷之意焉，可谓女流之藻思者矣。（明张綖《草堂诗馀别录》）

◆语新意隽，更有丰情。（明吴从先《草堂诗馀隽》）

◆“知否”二字，叠得可味。“绿肥红瘦”创获自妇人，大奇!（明沈际飞《草堂诗馀正集》）

◆《花间集》云：此词安顿二叠语最难。“知否，知否”，口气宛然。若他“人静，人静”“无寐，无寐”，便不浑成。（明卓人月《古今词统》）

◆按：一问极有情，答以“依旧”，答得极澹，跌出“知否”二句来；而“绿肥红瘦”无限凄婉，却又妙在含蓄。短幅中藏无数曲折，自是圣于词者。（清黄苏《蓼园词选》）

◆只数语中层次曲折有味。世徒称其“绿肥红瘦”一语，犹是皮相。（清陈廷焯《云韶集》）

◆全篇淡描，结句着色，更觉浓艳显豁。（俞平伯《唐宋词选释》）

◆“绿肥红瘦”与孟浩然诗同妙……此词与诗所写，一样浓睡初醒，一样回忆夜来风雨，一样关心小园花朵。二人时代虽不同，诗与词体格虽不同，朴素与凝练之表现手法虽不同，但二人爱花心灵之美则完全一致。宜乎并垂不朽云。（唐圭璋《词学论丛·读李清照词札记》）

◆这大概都是少时所作，虽无深意，而婉美灵秀之致，非用力者所能及。（缪钺《灵谿词说·论李清照词》）

点绛唇

寂寞深闺，
柔肠一寸愁千缕。
惜春春去，
几点催花雨。

倚遍阑干，
只是无情绪。
人何处？
连天芳树，
望断归来路。

◎西北春时，率多大风而少雨，有亦霏微……韩持国亦有“轻云薄雾，散作催花雨”之句。（宋庄绰《鸡肋编》）

◎独上小楼春欲暮，望断玉关芳草路。（唐韦庄《木兰花》）

◆草满长途，情人不归，空搅寸肠耳。（明钱允治《类编笺释续选草堂诗馀》）

◆简当。（明长湖外史《草堂诗馀续集》）

◆泪尽个中。（明陆云龙《词菁》）

◆情词并胜，神韵悠然。（清陈廷焯《云韶集》）

点绛唇

蹴罢秋千，
起来慵整纤纤手。
露浓花瘦，
薄汗沾衣透。

见客入来，
袜刬金钗溜。
和羞走。
倚门回首，
却把青梅嗅。

◎词为少年时作，语本唐韩偓《偶见》诗："秋千打困解罗裙，指点醍醐索一尊。见客入来和笑走，手搓梅子映中门。"（徐培均《李清照集笺注》）

◆曲尽情悰。（明钱允治《类编笺释续选草堂诗馀》）

◆片时意态，淫夷万变。美人则然，纸上何遽能尔。（明长湖外史《草堂诗馀续集》）

◆人若士《紫钗记》。（明卓人月《古今词统》）

◆（"和羞走"下）如画。（明潘游龙等《古今诗馀醉》）

◆咏歌女，非易安自咏。"见客人来"，是何等人家？（吴世昌《词林新话》）

浣溪沙

莫许杯深琥珀浓，
未成沉醉意先融。
疏钟已应晚来风。

瑞脑香消魂梦断，
辟寒金小髻鬟松。
醒时空对烛花红。

◎兰陵美酒郁金香，玉碗盛来琥珀光。（唐李白《客中作》）

◎龙脑，香树，出婆利国，婆利呼为固不婆律。亦出波斯国。树高八九丈，大可六七围，叶圆而背白，无花实。其树有肥有瘦，瘦者婆律膏香。一曰瘦者出龙脑香，肥者出婆律膏也。（唐段成式《酉阳杂俎》。瑞脑即龙脑，今称冰片。）

◎昆明国贡嗽金鸟，形如雀而色黄，羽毛柔密，常吐金屑如粟，铸之可以为器。此鸟畏霜雪，乃起小屋处之，名曰辟寒台。宫人争以鸟吐之金用饰钗佩，谓之辟寒金。（旧题晋王嘉《拾遗记》）

◎归时休放烛花红。（南唐李煜《玉楼春》）

浣溪沙

小院闲窗春色深，
重帘未卷影沉沉。
倚楼无语理瑶琴。

远岫出云催薄暮，
细风吹雨弄轻阴。
梨花欲谢恐难禁。

◎云无心以出岫，鸟倦飞而知还。（晋陶渊明《归去来辞》）

◎纱窗日落渐黄昏，金屋无人见泪痕。寂寞空庭春欲晚，梨花满地不开门。（唐刘方平《春怨》）

◆（“远岫出云”句）景语！丽语！（明杨慎批点本《草堂诗馀》）

◆写出闺妇心情，在此数语。（明董其昌《便读草堂诗馀》）

◆雅练！“欲谢”、“难禁”，淡语中致语。（明沈际飞《草堂诗馀正集》）

◆分明是闺中愁，宫中怨情景。（明吴从先《草堂诗馀隽》）

浣溪沙

淡荡春光寒食天，
玉炉沉水袅残烟。
梦回山枕隐花钿。

海燕未来人斗草，
江梅已过柳生绵。
黄昏疏雨湿秋千。

◎春风正淡荡，白露已清泠。（唐陈子昂《修竹篇》）

◎林邑国，本汉日南郡象林县。……（其国有）沉水香者，土人斫断，积有岁年，朽烂而心节独在，置水中则沉，故名曰沉香。（《南史·夷貊上·海南诸国》）

◎海燕何微眇，乘春亦蹔来。（唐张九龄《咏燕》）

◎五月五日，四民并蹋百草，又有斗百草之戏。（南朝宗懔《荆楚岁时记》。宋代则在二月。）

◆此词写少妇闲情。黄本卷一以为"大观元年以前之作"，疑非是。观过片"海燕"、"江梅"，纯为江南景物，当系建炎三年（1129）春在江宁时作。（徐培均《李清照集笺注》）

◆"黄昏疏雨湿秋千"，可与"丝雨湿流光"、"波底夕阳红湿""湿"字争胜。（清黄苏《蓼园词选》）

浣溪沙

髻子伤春慵更梳，
晚风庭院落梅初。
淡云来往月疏疏。

玉鸭熏炉闲瑞脑，
朱樱斗帐掩流苏。
通犀还解辟寒无？

◎睡鸭香炉换夕照。（唐李商隐《促漏》）

◎开元二年冬至，交趾国进犀一株，色黄如金。使者请以金盘置于殿中，温温然有暖气袭人。上问其故，使者对曰："此辟寒犀也。顷自隋文帝时，本国曾进一株，直至今日。"上甚悦，厚赐之。（五代王仁裕《开元天宝遗事》）

◆话头好。（明沈际飞《草堂诗馀续集》）

◆闺秀词惟清照最优，究苦无骨，存一篇尤清出者。（清周济《介存斋论词杂著》）

◆（"淡云"句）清丽之句。（末句）宛约。（清陈廷焯《云韶集》）

◆易安居士独此篇有唐调，选家炉冶，遂标此奇。（清谭献《复堂词话》）

浣溪沙

绣面芙蓉一笑开，
斜飞宝鸭衬香腮。
眼波才动被人猜。

一面风情深有韵，
半笺娇恨寄幽怀。
月移花影约重来。

◎金猊宝鼎鸭金凫，皆焚香器也。（明陈仁锡《潜确类书》）

◎待月西厢下，迎风户半开。拂墙花影动，疑是玉人来。（唐元稹《莺莺传》）

◆此词盖建中靖国元年（1101）新婚后作，与《减字木兰花》（卖花担上）风格相似，可参看。（徐培均《李清照集笺注》）

◆摹写娇态，曲尽如画。（明赵世杰《古今女史》）

◆“眼波才动被人猜”……传神阿堵，已无剩美。（清沈谦《填词杂说》）

◆词虽以险丽为工，实不及本色语之妙。如李易安“眼波才动被人猜”……（清徐釚《词苑丛谈》卷一引贺裳《皱水轩词筌》）

◆易安“眼波才动被人猜”，矜持得妙；淑真“娇痴不怕人猜”，放诞得妙。均善于言情。（清吴衡照《莲子居词

话》）

◆《浣溪沙》“绣面芙蓉一笑开”一阕，虽又引见《古今词统》、《草堂诗馀续集》诸书，顾词意儇薄，不似女子作，与易安他词尤不类，疑所云非实。（赵万里辑本《漱玉词序》）

◆词中本色语，如李易安“眼波才动被人猜”、萧淑兰“去也不教知，怕人留恋伊”、孙光宪“留不得，留得也应无益”、严次山“一春不忍上高楼，为怕见、分携处”，观此种句，即可悟词中之真色生香……盖词中雅俗字原可互相胜负，非文理不背，即可通用。此仅可为解人道也。（清田同之《西圃词说》）

◆他如《浣溪沙》之“眼波才动被人猜”，吴衡照赞为“矜持得妙，善于言情”（《莲子居词话》），而王鹏运谓是他人伪托，以污易安（四印斋本《漱玉词》）。要之明诚在日，易安固一风流酝藉之人物，言语文字之间，亦复何所避忌？（龙榆生《漱玉词叙论》）

菩萨蛮

风柔日薄春犹早，
夹衫乍着心情好。
睡起觉微寒，
梅花鬓上残。

故乡何处是？
忘了除非醉。
沉水卧时烧，
香消酒未消。

◆此为怀乡之词，应作于流寓杭州期间，意虽沉痛而笔致轻灵，盖赵明诚辞世已数年。于中航《李清照年谱》（以下简称于《谱》）称绍兴二年（1132）春，清照赴杭，词盖作于此后数年。（徐培均《李清照集笺注》）

◆俞仲茅云：赵忠简《满江红》"欲待忘忧除是酒"，与易安"忘了除非醉"意同；下句"奈酒行有尽愁无极"，微嫌说尽，岂如"沉水卧时烧，香消酒未消"，亦宕开，亦束住，何等蕴藉。易安自是专家，忠简不以词重云尔。（况周颐《漱玉词笺》）

◆上片措语轻淡，意思和平。下片说故乡之愁，一时半刻也丢不开，除非醉了。又说，就寝时焚香，到香消了酒还未醒。醉深即愁重也。意极沉痛，笔致却不觉其重，与前片轻灵的风格相一致。（俞平伯《唐宋词选释》）

菩萨蛮

归鸿声断残云碧，
背窗雪落炉烟直。
烛底凤钗明，
凤头人胜轻。

角声催晓漏，
曙色回牛斗。
春意看花难，
西风留旧寒。

◎相忆梦难成，背窗灯半明。（唐温庭筠《菩萨蛮》）

◎正月七日为人日，以七种菜为羹，剪彩为人，或镂金箔为人，以贴屏风，亦戴之头鬓。（南朝宗懔《荆楚岁时记》）

◆此词应作于建炎三年（1129）正月初七（人日）。去岁清照自青州南来江宁。至本年二月，明诚罢知江宁。歇拍二句，即“南来尚怯吴江冷”之意也。（徐培均《李清照集笺注》）

诉衷情

枕畔闻梅香

夜来沉醉卸妆迟，
梅蕊插残枝。
酒醒熏破春睡，
梦断不成归。

人悄悄，月依依，
翠帘垂。
更挼残蕊，更捻馀香，
更得些时。

◎夜来，犹云昨日也，昨夜亦同。（张相《诗词曲语辞汇释》）

◎闲折海棠看又捻，玉纤无力惹馀香。（五代张泌《浣溪沙》）

◆玉梅词隐云：《漱玉词》屡用叠字，“寻寻觅觅，冷冷清清，凄凄惨惨戚戚”，最为奇创。又“庭院深深深几许”，又“更挼残蕊，更捻馀香，更得些时”……叠法各异，每叠必佳，皆是天籁，肆口而成，非作意为之也。（况周颐《漱玉词笺》）

减字木兰花

卖花担上，
买得一枝春欲放。
泪染轻匀，
犹带彤霞晓露痕。

怕郎猜道，
奴面不如花面好。
云鬓斜簪，
徒要教郎比并看。

◎是月季春，万花烂熳，牡丹芍药，种种上市。卖花者以马头竹篮铺排，歌叫之声，清奇可听。（宋孟元老《东京梦华录》）

◎折梅逢驿使，寄与陇头人。江南无所有，聊赠一枝春。（南朝陆凯《赠范晔》）

◎莫把潘安，才貌相比并。（敦煌词《苏幕遮》）

◆词乃新婚后作。李清照《金石录后序》：“余建中辛巳，始归赵氏。时……侯年二十一，在太学作学生。”建中辛巳即徽宗建中靖国元年（1101）。时清照年十八，故“闾巷荒淫之语，肆意落笔”（宋王灼《碧鸡漫志》），尽情表现青春气息与新婚之乐。（徐培均《李清照集笺注》）

好事近

风定落花深，
帘外拥红堆雪。
长记海棠开后，
正伤春时节。

酒阑歌罢玉尊空，
青缸暗明灭。
魂梦不堪幽怨，
更一声啼鴂。

◎酒阑歌罢两沉沉。（五代毛文锡《恋情深》）

◎镇日叮咛千百遍，只将一句频频说。道“不如归去不如归”，伤情切。（宋康与之《满江红·杜鹃》）

◆此词似作于赵明诚逝世后某年之暮春。歇拍“魂梦”二句，实为创深痛巨之语，非因悼念亡夫不能至此。姑系于绍兴三年（1133）定居杭州前后。（徐培均《李清照集笺注》）

清平乐

年年雪里，
常插梅花醉。
挼尽梅花无好意，
赢得满衣清泪。

今年海角天涯，
萧萧两鬓生华。
看取晚来风势，
故应难看梅花。

◎玉楼金阙慵归去，且插梅花醉洛阳。（宋朱敦儒《鹧鸪天》）

◎今远宦及远服贾者，皆曰天涯海角，盖俗谈也。（宋张世南《游宦纪闻》）

忆秦娥

临高阁，
乱山平野烟光薄。
烟光薄。
栖鸦归后，暮天闻角。

断香残酒情怀恶。
西风催衬梧桐落。
梧桐落。
又还秋色，又还寂寞。

◎城高短箫发，林空画角悲。（南朝萧纲《和湘东王折杨柳》）

◎催衬：即催赶。

◆此词黄本列为“建炎元年南渡以后之作”，并校云：“下片词笔较弱，姑存之。”陈祖美则以为作于建炎三年（1129）深秋赵明诚病卒后，并称之为悼亡词。皆非是。细玩词境，乃乡村景色。据明诚《青州仰天山罗汉洞题名》：“余以大观戊子之重阳，与李擢德升同登兹山。”此为大观二年（1108）重阳，时值晚秋，北方早寒，正梧桐叶落之际，而南望青州附近，亦有“乱山平野”，故知此时明诚方出游，而清照登高怀远赋此词也。（徐培均《李清照集笺注》）

忆少年

疏疏整整，斜斜淡淡，
盈盈脉脉。
徒怜暗香句，
笑梨花颜色。

羁马萧萧行又急。
空回首、水寒沙白。
天涯倦牢落，
忍一声羌笛。

◎疏影横斜水清浅，暗香浮动月黄昏。（宋林逋《山园小梅》）

◎盈盈一水间，脉脉不得语。（《古诗十九首》之十）

◎心牢落而无偶，意徘徊而不能揥。（晋陆机《文赋》）

山花子

揉破黄金万点明，
剪成碧玉叶层层。
风度精神如彦辅，
太鲜明。

梅蕊重重何俗甚，
丁香千结苦粗生。
熏透愁人千里梦，
却无情。

◎彦辅：晋乐广，字彦辅。《晋书》本传云：“广时八岁，（夏侯）玄常见广在路，因呼与语，还谓方（乐方，广父）曰：‘向见广神姿朗彻，当为名士。’……性冲约，有远识，寡嗜欲，与物无竞……广与王衍俱宅心事外，名重于时。故天下言风流者，谓王、乐称首焉。”此以名士喻桂花风度之高洁清朗。然《世说新语·品藻》云：“刘令言始入洛，见诸名士而叹曰：‘王夷甫太解明，乐彦辅我所敬……’”解明，《晋书·刘隗传》作“鲜明”。此处将评王夷甫（衍）语移用于乐彦辅，盖误记。（徐培均《李清照集笺注》）

山花子

病起萧萧两鬓华，
卧看残月上窗纱。
豆蔻连梢煮熟水，
莫分茶。

枕上诗词闲处好，
门前风景雨来佳。
终日向人多蕴藉，
木樨花。

◎苒苒中秋过，萧萧两鬓华。（宋苏轼《南歌子》）

◆《金石录后序》谓赵明诚建炎三年（1129）八月十八日因病痁（疟疾）而卒于建康，“葬毕，余无所之。……余又大病，仅存喘息”。此词歇拍云“木樨花”，时令相合，因知当作于是岁八月。（徐培均《李清照集笺注》）

春光好

看看腊尽春回，
消息到、江南早梅。
昨夜前村深雪里，
一朵先开。

盈盈玉蕊如裁。
更风清、细香暗来。
空使行人肠欲断，
驻马徘徊。

◎早梅花胜直脚梅，吴中春晚，二月始烂漫，独此品于冬至前已开，故得“早”名……惟冬春之交，正是花时耳。（宋范成大《范石湖梅谱》）

◎前村深雪里，昨夜一枝开。（唐齐己《早梅》）

添字丑奴儿

芭蕉

窗前谁种芭蕉树？
阴满中庭。
阴满中庭。
叶叶心心舒卷有馀情。

伤心枕上三更雨，
点滴凄清。
点滴凄清。
愁损北人不惯起来听。

◎秋风多，雨相和，帘外芭蕉三两窠，夜长人奈何！（南唐李煜《长相思》）

◆此为李清照初到江南不久之作，观歇拍可知。因其初到，故对雨打芭蕉之声尚感陌生。若已住久，则无此感矣。案：清照于建炎二年（1128）年春南渡至江宁，不久为江南梅雨季节，乍听殊不惯，因作此词。（徐培均《李清照集笺注》）

武陵春

风住尘香花已尽，
日晚倦梳头。
物是人非事事休。
欲语泪先流。

闻说双溪春尚好，
也拟泛轻舟。
只恐双溪舴艋舟，
载不动、许多愁。

◆黄盛璋《李清照事迹考辨》：“词意写的是暮春三月景象，当作于绍兴五年（1135）三月。”又《赵明诚李清照夫妇年谱》：“绍兴五年（1135）乙卯，清照五十二岁。春，清照在金华，作《武陵春》词。”王仲闻《李清照集校注》卷一：“此首乃绍兴五年李清照在金华所作。”（徐培均《李清照集笺注》）

◆秦处度《谒金门》词云“载取暮愁归去”、“愁来无着处”，从此翻出。（明杨慎批点本《草堂诗馀》）

◆易安名清照，尚书〔郎〕李格非之女，适宰相赵挺之子明诚，尝集《金石录》千卷，比诸六一所集，更倍之矣。所著有《漱玉集》，朱晦庵亦亟称之。后改适人，颇不得意。此词“物是人非事事休”，正咏其事。水东叶文庄谓：“李公不幸而有此女，赵公不幸而有此妇。”词固不足

录也。结句稍可诵。朱淑真“可怜禁载许多愁”祖之，岂女辈相传心法耶？（明张綖《草堂诗馀别录》）

◆与“载取暮愁归去”相反，与“遮不断、愁来路”、“流不到、楚江东”相似，分帜词坛，孰辨雄雌？（明沈际飞《草堂诗馀正集》）

◆物是人非，睹物宁不伤感？（明董其昌《便读草堂诗馀》）

◆未语先泪，此怨莫能载矣。（明吴从先《草堂诗馀隽》）

◆景物尚如旧，人情不似初，言之于邑，不觉泪下。（同上）

◆“载不动、许多愁”与“载取暮愁归去”、“只载一船离恨向西州”正可互观。“八桨别离船，驾起一天烦恼”，不免径露矣。（清王士禛《花草蒙拾》）

◆易安《武陵春》其作于祭湖州以后欤？悲深婉笃，犹令人感伉俪之重。叶文庄乃谓“语言文字诚所谓不祥之具，遗讥千古者矣”，不察之论也。南康谢苏潭方伯启昆《咏史诗》云：“风鬟尚觉胥江冷，雨泣应含杞妇悲。回首静治堂旧事，翻茶校帖最相思。”措语得诗人忠厚之致。（清吴衡照《莲子居词话》）

◆又凄婉，又劲直。观此益信易安无再适张汝舟事，即风人“岂不尔思”、“畏人之多言”意也。（清陈廷焯《白雨斋词话》）

醉花阴

薄雾浓雰愁永昼。
瑞脑销金兽。
时节又重阳，
宝枕纱厨，
半夜凉初透。

东篱把酒黄昏后，
有暗香盈袖。
莫道不销魂，
帘卷西风，
人比黄花瘦。

◎薄薄纱厨望似空，簟纹如水浸芙蓉。（宋周邦彦《浣溪沙》）

◎采菊东篱下，悠然见南山。（晋陶渊明《饮酒》诗之五）

◎黯然销魂者，唯别而已矣。（梁江淹《别赋》）

◎落花无言，人淡如菊。（唐司空图《诗品》）

◆清照《感怀诗序》云："宣和辛丑八月十日到莱。"可证是岁重阳节前已随夫居莱州任所，不在青州。据于《谱》："大观二年（1108，戊子），二十五岁……九月重阳，明诚与妹婿李擢游仰天山。明诚《青州仰天山罗汉洞题名》：'余以大观戊子之重阳，与李擢德升同登兹山。'"仰天山，旧属临朐县，在县南七十里，在今山东青州市西南境。山麓有罗汉洞，上有窍可通天窥月，故士人有"仰天秋月"之说，见明修《临朐县志》。赵明诚至仰天山罗汉洞观月，当流连忘返，而清照独居青州归来堂，重阳赏菊，无人相伴，故作此词，以抒寂寞无聊之感。（徐培均《李清照集笺注》）

◆易安以重阳《醉花阴》词函致明诚，明诚叹赏，自愧弗逮，务欲胜之。一切谢客，忘食忘寝者三日夜，得五十阕，杂易安作，以示友人陆德夫。德夫玩之再三，曰："只三句绝佳。"明诚诘之。曰："莫道不销魂，帘卷西风，人比黄花瘦。"政易安作也。（元伊世珍《琅嬛记》卷中引《外传》）

◆（末两句）凄语，怨而不怒。（明杨慎批点本《草堂诗馀》）

◆但知传诵结语，不知妙处全在"莫道不销魂"。（明茅暎《词的》）

◆词内"人瘦也、比梅花、瘦几分"，又"天还知道，和天也瘦"，又"莫道不消魂，帘卷西风，人比黄花瘦"，三"瘦"字俱妙。（明王世贞《弇州山人词评》）

◆语境则"咸阳古道"、"汴水长流"，语事则"赤壁周郎"、"江州司马"，语景则"岸草平沙"、"晓风残月"，语情则"红雨飞愁"、"黄花比瘦"，可谓雅畅。（清毛先舒《诗辨坻》）

◆结句亦从"人与绿杨俱瘦"脱出，但语意较工妙耳。（清许昂霄《词综偶评》）

◆康伯可"人瘦也、比梅花、瘦几分"，与李清照"帘卷西风，人比黄花瘦"同妙。（《历代诗馀》）

◆写景贵淡远有神，勿堕而奇情；言情贵蕴藉，勿浸而淫亵。“晓风残月”、“衰草微云”，写景之善者也；“红雨飞愁”、“黄花比瘦”，言情之善者也。（清沈祥龙《论词随笔》）

◆词之用字，务在精择。腐者、哑者、笨者、弱者、粗俗者、生硬者、词中所未经见者，皆不可用，而叶字尤宜留意。古人名句，末字必清隽响亮，如“人比黄花瘦”之“瘦”字、“红杏枝头春意闹”之“闹”字皆是；然有同此字而用之善不善，则存乎其人之意与笔。（同上）

◆幽细凄清，声情双绝。（清许宝善《自怡轩词选》）

◆无一字不雅。深情苦调，元人词曲往往宗之。（清陈廷焯《云韶集》）

◆此语若非出女子自写照，则无意致。“比”字各本皆作“似”，类书引反不误。（清王闿运《湘绮楼词选》前编）

◆此首情深词苦，古今共赏。起言永昼无聊之情景，次言重阳佳节之感人。换头，言向晚把酒。着末，因花瘦而触及己瘦，伤感之至。尤妙在“莫道”二字唤起，与方回之“试问闲愁知几许”句，正同妙也。（唐圭璋《唐宋词简释》）

南歌子

天上星河转，
人间帘幕垂。
凉生枕簟泪痕滋，
起解罗衣，聊问夜何其？

翠贴莲蓬小，
金销藕叶稀。
旧时天气旧时衣，
只有情怀，不似旧家时。

◎夜如何其？夜未央。（《诗经·小雅·庭燎》）

◆词盖屏居青州不久作。案：大观元年（1107），清照二十四岁。据《宋史·赵挺之传》及《宋宰辅编年录》，是岁正月，蔡京复为左仆射；三月丁酉，赵挺之罢右仆射；癸丑，卒于京师；七月，追夺所赠司徒，落观文殿大学士。于是全家徙居青州。于《谱》卷三大观元年：“秋，明诚、清照屏居青州乡里。”“按中国封建时代官吏，父母丧，例须离职回乡守制，故明诚、清照相偕回青州，当不迟于是年秋。”词云“天上星河转”，写七月天气，兼喻时局变化，家道中落。（徐培均《李清照集笺注》）

忆王孙

湖上风来波浩渺，
秋已暮、红稀香少。
水光山色与人亲，
说不尽、无穷好。

莲子已成荷叶老，
清露洗、蘋花汀草。
眠沙鸥鹭不回头，
似也恨、人归早。

◎《世说新语·言语》：“简文（萧纲）入华林园，顾谓左右曰：‘会心处不必在远，翳然林水，便自有濠、濮间想也，觉鸟兽禽鱼自来亲人。’”此处化用其意，歇拍则反其意而以诙谐出之。李白《独坐敬亭山》诗云：“相看两不厌，只有敬亭山。”辛弃疾《贺新郎》（甚矣吾衰矣）云：“我见青山多妩媚，料青山、见我应如是。”皆以拟人化移情手法，写自然景物与人和谐相处之情趣，而清照则较为明白晓畅，并露出少女天真之意态。（徐培均《李清照集笺注》）

怨王孙

帝里春晚，重门深院。
草绿阶前，暮天雁断。
楼上远信谁传？
恨绵绵。

多情自是多沾惹，
难拚舍，又是寒食也。
秋千巷陌人静，
皎月初斜，浸梨花。

◎帘外一眉新月，浸梨花。（宋谢逸《南歌子》）

◆帝里：京城。杜甫《寄彭州高三十五使君适三十韵》："无钱居帝里，尽室在边疆。"此指汴京。词乃写离情。《金石录后序》："（婚）后二年，（明诚）出仕宦，便有饭疏衣綀，穷遐方绝域，尽天下古文奇字之志。""后二年"，即指本年——崇宁二年（1103）。此时清照独居帝里，时时忆念明诚，故云："楼上远信谁传？恨绵绵。"（徐培均《李清照集笺注》）

◆（"多情自是多沾惹"句）至情。（明杨慎批点本《草堂诗馀》）

◆以"多情"接"恨绵绵"，何组织之工！（明吴从先《草堂诗馀隽》）

◆此词可以王孙不归兮、春草萋萋兮参看。（同上）

◆元词多以“也”字叶成妙句，殆祖此。（明卓人月《古今词统》）

◆贺词“多情多感”，犹少此“难拚舍”三字。（明沈际飞《草堂诗馀正集》）

◆“皎月”、“梨花”本是平平，得一“浸”字，妙绝千古。与“月明如水浸宫殿”同工。（清王士禛《花草蒙拾》）

◆易安以词擅长，挥洒俊逸，亦能琢炼。最爱其“草绿阶前，暮天雁断”，极似唐人。（清陆昶《历朝名媛诗词》）

怨王孙

梦断漏悄，愁浓酒恼。
宝枕生寒，翠屏向晓。
门外谁扫残红，夜来风。

玉箫声断人何处？
春又去，忍把归期负。
此情此恨，
此际拟托行云，问东君。

◎夜来，犹云昨日也，昨夜亦同。（张相《诗词曲语辞汇释》）

◎萧史者，秦穆公时人也，善吹箫，能致孔雀、白鹤于庭。穆公有女字弄玉，好之。公遂以女妻焉。日教弄玉作凤鸣。居数年，吹似凤声，凤凰来止其屋。公为作凤台，夫妇止其上，不下数年。一日，皆随凤凰飞去。故秦人作为凤女祠于雍，宫中时有箫声而已。（旧题《列仙传》）

◎东君：春神。

◆此词云："玉箫声断人何处？春又去。"与《永遇乐》"人在何处？染柳烟浓，吹梅笛怨，春意知几许"相似，皆含悼亡之意。盖作于赵明诚卒后某年暮春。（徐培均《李清照集笺注》）

◆此词形容春暮，语意俱到。（明董其昌《便读草堂

诗馀》）

◆形容春暮，情词俱到。以风扫残红，妙在此句。（明李廷机《草堂诗馀评林》）

◆风扫残红，何等空寂。（明吴从先《草堂诗馀隽》）

◆一结无限情恨，犹有意味。（同上）

◆写情写意，俱形容春暮时光，词意俱到。（同上）

◆通篇四换韵，有兔起鹘落之致。（明沈际飞《草堂诗馀正集》）

◆“春又去”，接递妙。（同上）

鹧鸪天

寒日萧萧上锁窗，
梧桐应恨夜来霜。
酒阑更喜团茶苦，
梦断偏宜瑞脑香。

秋已尽，日犹长，
仲宣怀远更凄凉。
不如随分尊前醉，
莫负东篱菊蕊黄。

◎仲宣（王粲）避难荆州，依刘表，遂登江陵城楼，因怀归而有此作。（《文选·登楼赋》刘良注）

◎随分，犹言随便也。（张相《诗词曲语辞汇释》）

◆黄本卷三云："此词当作于建炎二年在建康（江宁）时。"陈祖美云："此首当作于建炎二年（1128）秋，是时赵明诚尚在建康（江宁）知府任，但李清照此作的基调却很低沉，词中既有家国之念，亦隐含身世之叹。"此说可从。观结句，当作于本年重阳。（徐培均《李清照集笺注》）

鹧鸪天

桂

暗淡轻黄体性柔，
情疏迹远只香留。
何须浅碧轻红色，
自是花中第一流。

梅定妒，菊应羞，
画阑开处冠中秋。
骚人可煞无情思，
何事当年不见收？

◆黄墨谷《重辑李清照集·漱玉词》（以下简称黄本）卷二列为“大观二年屏居乡里至建炎元年南渡以前之作”。陈祖美《中国诗苑英华》本《李清照卷》则云：“此首当系词人结婚前后不久所作……此词之旨，一则以桂花的色淡香浓，来比喻人的内在之美更为可贵……二则词中尚暗含不易读出的这样一种深层寓意，即词人自知李氏门第并不烜赫，比起朝廷中的诸多名公大臣，她一直认为其父祖的地位是低下的，就像自然界的岩桂，虽然其名位不能与御园中的‘浅碧轻红色’的牡丹、芍药相比，但它的清高脱俗、宜人香气，以及它作为中秋佳节应时之花又足以使它成为中秋之冠。”二说不妨并存。然细审词意，终觉肤浅，当为少年时所作。（徐培均《李清照集笺注》）

木兰花令

沉水香消人悄悄，
楼上朝来寒料峭。
春生南浦水微波，
雪满东山风未扫。

金樽莫诉连壶倒，
卷起重帘留晚照。
为君欲去更凭栏，
人意不如山色好。

◎春草碧色，春水渌波，送君南浦，伤如之何！（梁江淹《别赋》）

◎须愁春漏短，莫诉金杯满。（唐韦庄《菩萨蛮》）

◆此词盖作于屏居青州期间。于《谱》载政和六年丙申（1116）三月四日，明诚复过长清县灵岩寺，有题名一则。当于半月前自青州出发，气候尚冷，故清照词云“楼上朝来寒料峭”、“为君欲去更凭栏”也。（徐培均《李清照集笺注》）

玉楼春

红 梅

红酥肯放琼瑶碎，
探着南枝开遍未？
不知蕴藉几多时，
但见包藏无限意。

道人憔悴春窗底，
闲损阑干愁不倚。
要来小看便来休，
未必明朝风不起。

◎梅用南枝事，共知《青琐》、《红梅》诗云：“南枝向暖北枝寒。”李峤云：“大庾天寒少，南枝独早芳。”张方注云：“大庾岭上梅，南枝落，北枝开。”南唐冯延巳词云：“北枝梅蕊犯寒开。”则南北枝事，其来远矣。（宋朱翌《猗觉寮杂记》）

◆此词黄本卷二“大观二年屏居乡里至建炎元年南渡以前之作”收之，似未深考。陈祖美云：“此首概（盖）作于崇宁三年（1104），其旨当是：借对梅未来命运的关注，寄寓了作者本人因受党争株连，朝不保夕的身世之叹。”案：据杨仲良《通鉴长编纪事本末》卷一百二十二，崇宁三年夏六月甲辰，重定党籍，将元祐、元符党人及上书邪等者，合为一籍，共三百零九人。戊午，刻石文德殿门之东壁，秦观名列“馀官”之首，清照父格非名在“馀官”第二十六人。赵挺之属新党，是岁九月乙亥，自右光禄大夫、中书侍郎除门下侍郎。(见《宋史·徽宗纪》)此时乃翁荣升而父遭贬谪，清照不免有所耽心，故祖美之说可信。歇拍二句似有所寓，谓荣华不会长久，盖讽喻赵挺之也。(徐培均《李清照集笺注》)

◆咏物诗最难工，而梅尤不易。林君复“雪后园林才半树，水边篱落忽横枝”，此为绝唱矣。他如“疏影横斜水清浅，暗香浮动月黄昏”，仅易江为二字，以“竹”、“桂”为“疏”、“暗”，是妙于点染者。馀如苏子瞻“竹外一枝斜更好”、高季迪“薄暝山家松树下”，亦见映带之工。高续古绝句云：“舍南舍北雪犹存，山外斜阳不到门。一夜冷香清入梦，野梅千树月明村。”可谓传神好手。朱希真词“横枝清瘦只如无，但空里疏花几点”，李易安词“要来小酌便来休，不必明朝风不起”，皆得此花之神。(清朱彝尊《静志居诗话》)

玉楼春

腊前先报东君信，
清似龙涎香得润。
黄轻不肯整齐开，
比着江梅仍更韵。

纤枝瘦绿天生嫩，
可惜轻寒摧挫损。
刘郎只解误桃花，
惆怅今年春又尽。

◎（刘）禹锡字梦得，中山人。……时久落魄，郁郁不自抑，其吐辞多讽托，远意感权臣，而憾不释，久之召还，欲任南省郎，而作《玄都观看花君子》诗，语讥忿，当路不喜，又谪守播州。……后由和州刺史，入为主客郎中，至京后，游玄都咏诗，且言："始谪十年还辇下，道士种桃，其盛若霞，又十四年而来，无复一存，唯兔葵燕麦，动摇春风耳。"（元辛文房《唐才子传》）

河 传

梅 影

香苞素质，
天赋予、倾城标格。
应是晓来，
暗传东君消息。
把孤芳，回暖律。

寿阳粉面增妆饰。
说与高楼，
休更吹羌笛。
花下醉赏，
留取时倚阑干，
斗清香、添酒力。

◎（南朝宋）武帝女寿阳公主，人日卧于含章殿檐下，梅花落公主额上，成五出之花，拂之不去。皇后留之，自后有梅花妆是也。（唐韩鄂《岁华纪丽》卷一《人日》）

小重山

春到长门春草青，
红梅些子破，未开匀。
碧云笼碾玉成尘，
留晚梦，惊破一瓯云。

花影压重门。
疏帘铺淡月，好黄昏。
二年三度负东君，
归来也，着意过今春。

◎春到长门春草青，玉阶华露滴，月胧明。（五代薛昭蕴《小重山》）

◎些子：一点儿，宋时方言。

◆此词写闺怨，当作于建炎二年（1128，戊申），时清照初到江宁。（徐培均《李清照集笺注》）

◆荆公（王安石）《桂枝香》作名世，张东泽用易安“疏帘淡月”语填一阕，即改《桂枝香》为《疏帘淡月》。（清汪玢《漱玉词汇钞》引《问蘧庐随笔》）

七娘子

清香浮动到黄昏，
向水边、疏影梅开尽。
溪畔清蕊，有如浅杏，
一枝喜得东君信。

风吹只怕霜侵损，
更欲折来、插向多情鬓。
寿阳妆面，雪肌玉莹，
岭头别后微添粉。

◎疏影横斜水清浅，暗香浮动月黄昏。（宋林逋《山园小梅》）

◎似桃非桃杏非杏，独与红梅相早晚。（宋王十朋《红梅》）

◎东君：春神。

◎（南朝宋）武帝女寿阳公主，人日卧于含章檐下，梅花落公主额上，成五出之花，拂之不去。皇后留之，自后有梅花妆是也。（唐韩鄂《岁华纪丽》卷一《人日》）

一剪梅

红藕香残玉簟秋，
轻解罗裳，独上兰舟。
云中谁寄锦书来?
雁字回时，月满西楼。

花自飘零水自流，
一种相思，两处闲愁。
此情无计可消除，
才下眉头，却上心头。

◎漠漠秋云淡，红藕香侵槛。（五代顾敻《醉公子》。红藕，荷花。）

◎船上盖亦有枕簟的铺设。若释为一般的室内光景，则下文“轻解罗裳，独上兰舟”，即颇觉突兀。（俞平伯《唐宋词选释》）

◎闻道欲来相问讯，西楼望月几回圆。（唐韦应物《答李儋》）

◎水流花谢两无情。（唐崔涂《春夕》）

◎都来此事，眉间心上，无计相回避。（宋范仲淹《御街行·秋日怀旧》）

◆赵明诚幼时，其父将为择妇。明诚昼寝，梦诵一书，觉来惟忆三句云：“言与司合，安上已脱，芝芙草拔。”以告其父。其父为解曰：“汝待得能文词妇也。‘言与司合’是‘词’字，‘安上已脱’是‘女’字，‘芝芙草拔’是‘之夫’二字，非谓汝为‘词女之夫’乎？”后李翁以女女之，即易安也，果有文章。易安结缡未久，明诚即负笈远游。易安殊不忍别，觅锦帕书《一剪梅》词以送之。词曰：“红藕香残……”（题伊世珍《琅嬛记》卷中引《外传》）

◆考易安《金石录后序》云：“后二年，（赵明诚）出仕宦，便有饭疏衣綀，穷遐方绝域，尽天下古文奇字之志。”“后二年”，即崇宁二年（1103），《琅嬛记》云“负笈远游”，当指明诚外出寻访碑刻。易安时年二十岁。（徐培均《李清照集笺注》）

◆离情欲泪。读此始知高则诚、关汉卿诸人又是效颦。（明杨慎批点本《草堂诗馀》）

◆香弱脆溜，自是正宗。（明茅暎《词的》）

◆此词颇尽离别之情。语意飘逸，令人省目。（明李廷机《草堂诗馀评林》）

◆多情不随雁字去，空教一种上眉头。（明李攀龙《草堂诗馀隽》）

◆惟“锦书”、“雁字”不得将情传去，所以“一种相思”，眉上心头，在在难消。（同上）

◆俞仲茅小词云：“轮到相思没处辞，眉间露一丝。”视易安“才下眉头，却上心头”，可谓此子善盗。然易安亦从范希文“都来此事，眉间心上，无计相回避”脱胎，李特工耳。（清王士禛《花草蒙拾》）

◆易安《一剪梅》词起句“红藕香残玉簟秋”七字，便有吞梅嚼雪，不食人间烟火气象，其实寻常不经意语也。（清梁绍壬《两般秋雨盦随笔》）

◆起七字秀绝，真不食人间烟火者。（清陈廷焯《云

韶集》）

◆梁绍壬谓：只起七字已是他人不能到，结更凄绝。（同上）

◆周永年云：《一剪梅》唯易安作为善。刘后村换头亦用平字，于调未叶。若“云中谁寄锦书来”与“此情无计可消除”，“来”字、“除”字不必用韵，似俱出韵。但“雁字来时月满楼”，“楼”上失一“西”字。（清沈雄《古今词话·词辨》）

临江仙

欧阳公作《蝶恋花》，有“庭院深深深几许”之句，予酷爱之。用其语作“庭院深深”数阕，其声盖即旧《临江仙》也。

庭院深深深几许？
云窗雾阁常扃。
柳梢梅萼渐分明，
春归秣陵树，
人客建安城。

感月吟风多少事，
如今老去无成。
谁怜憔悴更凋零，
灯花空结蕊，
离别共伤情。

◎庭院深深深几许？杨柳堆烟，帘幕无重数。（宋欧阳修《蝶恋花》）

◎云窗雾阁事慌惚，重重翠幔深金屏。（唐韩愈《华山女》）

◆此词似作于建炎三年（1129）二月。（徐培均《李清照集笺注》）

◆《梅苑》卷九引作曾子宣妻词。《乐府雅词》下魏

夫人词不收，以《草堂诗馀》所载前阕自序证之，自是李作无疑。（《全宋词》引赵万里云）

◆“庭院深深深几许（略）”，欧阳修《蝶恋花》春暮词也，李易安酷爱其语，遂用作“庭院深深”调数阕。杨升庵云：一句中连三字者，如“夜夜夜深闻子规”，又“日日日斜空醉归”，又“更更更漏月明中”，又“树树树梢啼晓莺”，皆善用叠字也。（清徐釚《词苑丛谈》）

◆李清照每爱欧阳公《蝶恋花》词“庭院深深深几许”，作“庭院深深”句，即《临江仙》也。（清沈雄《古今词话》引《乐府纪闻》）

◆第一阕（指此阕），朱竹垞云：“‘庭院深深’一阕，载冯延巳《阳春录》，刻作欧九，误也。”玉梅词隐云：“据《漱玉词》，则是《阳春录》误载也。易安，宋人，性复强记，尝与明诚坐归来堂烹茶，指堆积书史，言某事在某卷某叶某行，以是否决胜负，为饮茶先后，何至于当代名作向所酷爱者，记述有误？竹垞云云，未免负此佳证。”（况周颐《漱玉词笺》）

◆欧阳文忠《蝶恋花》“庭院深深”阕，柔情回肠，寄艳醉魄。非文忠不能作，非易安不许爱。（同上）

临江仙

庭院深深深几许？
云窗雾阁春迟。
为谁憔悴损芳姿？
夜来清梦好，
应是发南枝。

玉瘦檀轻无限恨，
南楼羌管休吹。
浓香吹尽有谁知？
暖风迟日也，
别到杏花时。

◎春日迟迟。（《诗经·豳风·七月》）

◆此词亦作于建炎三年（1129）。（徐培均《李清照集笺注》）

浪淘沙

帘外五更风，
吹梦无踪。
画楼重上与谁同？
记得玉钗斜拨火，
宝篆成空。

回首紫金峰，
雨润烟浓。
一江春浪醉醒中。
留得罗襟前日泪，
弹与征鸿。

◎欲见回肠，断尽金炉小篆香。（宋秦观《减字木兰花》）

◆此首似作于赵明诚卒于建康之后，因词中含悼亡之意。（徐培均《李清照集笺注》）

◆此词极与后主相似。（明钱允治《类编笺释续选草堂诗馀》）

◆“吹梦”奇。幻想异妄。（明长湖外史《草堂诗馀续集》）

◆雁传书事，化得新奇。（明卓人月《古今词统》）

◆凄艳不忍卒读。（清陈廷焯《白雨斋词话》）

◆情词凄绝，多少血泪。（清陈廷焯《云韶集》）

◆玉梅词隐云：前《孤雁儿》云："吹箫人去玉楼空，肠断与谁同倚？一枝折得，人间天上，没个人堪寄。"此阕云："画楼重上与谁同？记得玉钗斜拨火，宝篆成空。"皆悼亡词也。其清才也如彼，其深情也如此。玉壶晚节之诬，忍令斯人任受耶？（况周颐《漱玉词笺》）

蝶恋花

暖雨和风初破冻，
柳眼梅腮，
已觉春心动。
酒意诗情谁与共？
泪融残粉花钿重。

乍试夹衫金缕缝，
山枕斜欹，
枕损钗头凤。
独抱浓愁无好梦，
夜阑犹剪灯花弄。

◎春心莫共花争发，一寸相思一寸灰。（唐李商隐《无题》）

◆此媛手不愁无香韵。（明卓人月《古今词统》）

◆近言远，小言至。（同上）

◆写景之工者，如尹鹗“尽日醉寻春，归来月满身”、李重光“酒恶时拈花蕊嗅”、李易安“独抱浓愁无好梦，夜阑犹剪灯花弄”、刘潜夫“贪与萧郎眉语，不知舞错伊州”，皆入神之句。（清贺裳《皱水轩词筌》）

蝶恋花

昌乐馆寄姊妹

泪揾征衣脂粉暖。
四叠《阳关》，
唱到千千遍。
人道山长水又断，
潇潇微雨闻孤馆。

惜别伤离方寸乱。
忘了临行，
酒盏深和浅。
若有音书凭过雁，
东莱不似蓬莱远。

◎《阳关》，见后《凤凰台上忆吹箫》注。

◎（诸葛）亮与徐庶并从，为曹公所追破，获庶母。庶辞先主而指其心曰："本欲与将军共图王霸之业者，以此方寸之地也。今已失老母，方寸乱矣，请从此别。"（《三国志·蜀·诸葛亮传》）

◆王仲闻云："此首殆为宣和三年辛丑八月间清照由青州至莱州途中，宿昌乐寄姊妹所作。按地理图，由青至莱，须经昌乐。《建炎以来系年要录》卷十九载建炎三年，赵晟由青赴莱，刘洪道令权知昌乐县张成伏兵中途邀击，可以证明。《翰墨大全》所题《暂止昌乐馆寄姊妹》，恐为原题。《诗女史》等误以‘昌乐馆’为‘乐昌馆’，《闽诗钞》至误作‘东昌馆’，鲁鱼亥豕，不可究诘矣。词中有‘萧萧微雨闻孤馆’句，必清照在旅途中作也。近人多以为此词乃清照自诸城或青州寄至赵明诚者，非是。”均案：清照有《感怀》诗，序称“宣和辛丑八月十日到莱”，可证止昌乐馆乃八月上旬也。（徐培均《李清照集笺注》）

蝶恋花

上巳召亲族

永夜恹恹欢意少，
空梦当时，
认取长安道。
为报今年春色好，
花光月影宜相照。

随意杯盘虽草草，
酒美梅酸，
恰称人怀抱。
醉莫插花花莫笑，
可怜春似人将老。

◎草草杯盘供笑语，昏昏灯火话平生。（宋王安石《示长安君》）

◆据《花草粹编》调下原题，此词建炎二年（1128）三月上巳作于江宁。考清照于建炎元年冬南下，次年春抵江宁，三月十日，明诚跋清照携来之《赵氏神妙帖》。至三年春二月，赵明诚罢守江宁。在此期间，唯建炎二年上巳可能召亲族。（徐培均《李清照集笺注》）

渔家傲

天接云涛连晓雾，
星河欲渡千帆舞。
仿佛梦魂归帝所，
闻天语，
殷勤问我归何处？

我报路长嗟日暮，
学诗漫有惊人句。
九万里风鹏正举。
风休住，
蓬舟吹取三山去。

◎为人性僻耽佳句，语不惊人死不休。（唐杜甫《江上值水如海势聊短述》）

◎有鸟焉，其名为鹏，背若泰山，翼若垂天之云，抟扶摇羊角而上者九万里。……鹏之徙于南冥也，水击三千里，抟扶摇而上者九万里，去以六月息者也。（《庄子·逍遥游》）

◆此词作于建炎四年庚戌（1130）春。（徐培均《李清照集笺注》）

◆有出世之想，笔意矫变。此亦无改适事一证也。（清陈廷焯《词则·别调集》）

◆此似不甚经意之作，却浑成大雅，无一毫钗粉气，自是北宋风格。（清黄苏《蓼园词选》）

◆此绝似苏辛派，不类《漱玉集》中语。（梁令娴《艺蘅馆词选》）

◆这首风格豪放的词，意境阔大，想象丰富，确实是一首浪漫主义的好作品。出之于一位婉约派作家之手，那就更其突出了，其所以有此成就，无疑是决定于作者的实际生活遭遇和她那种渴求冲决这种生活的思想感情，这决不是没有真实生活感情而故作豪语的人所能写得出的。（夏承焘《唐宋词欣赏》）

◆至其气象潇洒，尤近苏辛一派者，则有《渔家傲》“记梦”。（龙榆生《漱玉词叙论》）

◆这首词能将屈原《远游》中的情思意境融纳于数十字的小词之中，体现了自己的人生理想，有姑射神人吸风饮露之致，这种境界在宋词中是罕见的。（缪钺《灵溪词说·论李清照词》）

渔家傲

雪里已知春信至，
寒梅点缀琼枝腻。
香脸半开娇旖旎，
当庭际，
玉人浴出新妆洗。

造化可能偏有意，
故教明月玲珑地。
共赏金樽沉绿蚁。
莫辞醉，
此花不与群花比。

◎春寒赐浴华清池，温泉水滑洗凝脂，侍儿扶起娇无力。（唐白居易《长恨歌》。此以杨贵妃喻梅花。）

◎绿蚁新醅酒，红泥小火炉。（唐白居易《问刘十九》）

◆此词黄本卷二以为“大观二年屏居乡里至建炎元年南渡以前之作”，似未深考。又陈祖美云：“此首亦当作于词人出嫁前夕。其时她正豆蔻年华……其自矜自得之意，溢于言表，以梅自况之意甚明。”案，词系咏腊梅，宋时京、洛间多植庭院。黄庭坚《山谷内集》卷五《戏咏腊梅二首》，宋任渊注云：“山谷书此诗后云：‘京、洛间有一种花，香气似梅花，亦五出而不能晶明，类女功捻蜡所成，京、洛人因谓蜡梅。’”周紫芝《竹坡诗话》：“东南之有腊梅，盖自近时始。余为儿童时，犹未之见。元祐间，鲁直诸公方有诗。”益可证此词作于汴京。又此词风格尚欠老成，当为少年时作，时清照居汴京。祖美之说可从。（徐培均《李清照集笺注》）

青玉案

用黄山谷韵

征鞍不见邯郸路，
莫便匆匆归去。
秋正萧条何以度？
明窗小酌，暗灯清话，
最好留连处。

相逢各自伤迟暮。
犹把新词诵奇句。
盐絮家风人所许。
如今憔悴，但馀双泪，
一似黄梅雨。

◎谢太傅（安）寒雪日内集，与儿女讲论文义。俄而雪骤，公欣然曰："白雪纷纷何所似？"兄子胡儿（谢朗）曰："撒盐空中差可拟。"兄女（谢道韫）曰："未若柳絮因风起。"公大笑乐。（《世说新语·言语》）

◎若问闲情都几许？一川烟草，满城风絮，梅子黄时雨。（宋贺铸《横塘路》）

◆黄本卷三以此词为"建炎元年南渡以后之作"，宜从之。（徐培均《李清照集笺注》）

青玉案

一年春事都来几，
早过了，三之二。
绿暗红嫣浑可事。
绿杨庭院，暖风帘幕，
有个人憔悴。

买花载酒长安市，
争似家山见桃李？
不枉东风吹客泪。
相思难表，梦魂无据，
唯有归来是。

◎春事到清明，过了三之二。（宋郭应祥《卜算子》）

◆大观元年（1107）秋，赵明诚、李清照夫妇屏居青州乡里。歇拍云："相思难表，梦魂无据，唯有归来是。"当已回至青州。词云"买花载酒长安市，争似家山见桃李"，谓在京做官，不如在青州屏居可赏春光。据此，词当作于大观二年二三月初也。（徐培均《李清照集笺注》）

◆离思黯然。（明杨慎批点本《草堂诗馀》）

殢人娇

后庭梅花开有感

玉瘦香浓，檀深雪散。
今年恨、探梅又晚。
江楼楚馆。云间水远。
清昼永、凭栏翠帘低卷。

坐上客来，尊中酒满。
歌声共、水流云断。
南枝可插，更须频剪。
莫直待、西楼数声羌管。

◎疏影横玉瘦。（宋陈亮《梅花》）

◎（蜡梅）凡三种……最先开，色深黄，如紫檀，花密香浓，名檀香梅。此品最佳。（宋范成大《范村梅谱》）

◆黄本卷二将此词系为“大观二年屏居乡里至建炎元年南渡以前之作”，可备一说。然词云“江楼楚馆”，为江南建筑物之美称。此词当为建炎二年（1128）春日，清照抵江宁未久时作。至三年二月，明诚罢守江宁，清照不可能有此心情矣。“后庭”，当指江宁郡斋后院。（徐培均《李清照集笺注》）

行香子

草际鸣蛩，惊落梧桐，
正人间天上愁浓。
云阶月色，关锁千重。
纵浮槎来，浮槎去，
不相逢。

星桥鹊驾，经年才见，
想离情别恨难穷。
牵牛织女，莫是离中？
甚霎儿晴，霎儿雨，
霎儿风。

◎云阶月地一相遇，未抵经年别恨多。（唐杜牧《七夕》）

◎旧说云，天河与海通。近世有人居海渚者，年年八月，有浮槎去来不失期。人有奇志，立飞阁于槎上，多赍粮，乘槎而去。十馀日中，犹观星月日辰，自后芒芒忽忽，亦不觉昼夜。去十馀日，奄至一处，有城郭状，屋舍甚严。遥望宫中，多织妇。见一丈夫，牵牛渚次饮之。牵牛人乃惊问曰："何由至此？"此人具说来意，并问此是何处。答曰："君还至蜀郡，访严君平，则知之。"竟不上岸。因还，如期。后至蜀，问君平，曰："某年月日，有

客星犯牵牛宿。”计年月，正此人到天河时也。（晋张华《博物志》）

◎史记曰：“牵牛为牺牲，其北织女。织女，天女孙也。”曹植《九咏》注曰：“牵牛为夫，织女为妇。织女、牵牛之星，各处一旁，七月七日得一会同矣。”（《文选》曹丕《燕歌行》“牵牛织女遥相望”李善注）

◆黄本卷三系此词为“建炎元年南渡以后之作”，恐非是。陈祖美云：“此首或作于崇宁三、四年间（1104–1105）。当时廷争之情景，活像被人荡来荡去的秋千，又酷似儿童玩儿的翘翘板。此词当是有感于这种政治上的翘翘板运动而作。”可备一说。案：据王仲闻《李清照事迹编年》，崇宁三年（1104）夏六月重定党籍，元祐党人被刻石朝堂，蔡京奉诏书元祐奸党姓名进呈；九月，赵挺之自光禄大夫、中书侍郎除门下侍郎。崇宁四年春三月，赵挺之除尚书右仆射（右相），夏六月罢相。崇宁五年春正月乙巳，毁《元祐党人碑》；丁未，赦天下；庚戌，叙复元祐党人。可见二三年间政界风云变幻，阴晴不定。盖本年七夕作此词，讥切时政。（徐培均《李清照集笺注》）

孤雁儿

世人作梅词，下笔便俗。予试作一篇，乃知前言不妄耳。

藤床纸帐朝眠起，
说不尽，无佳思。
沉香烟断玉炉寒，
伴我情怀如水。
笛声三弄，梅心惊破，
多少春情意。

小风疏雨萧萧地，
又催下，千行泪。
吹箫人去玉楼空，
肠断与谁同倚？
一枝折得，人间天上，
没个人堪寄。

◎王子猷（徽之）出都，尚在渚下。旧闻桓子野（桓伊）善吹笛，而不相识。遇桓于岸上过，王在船中。客有识之者，云是桓子野。王便令人与相闻，云："闻君善吹笛，试为我一奏。"桓时已贵显，素闻王名，即便回，下车，踞胡床，为作三调，弄毕，便上车去。客主不交一言。（《世说新语·任诞》）

◎黄鹤楼中吹玉笛，江城五月落梅花。（唐李白《与史郎中钦听黄鹤楼上吹笛》）

◎“吹箫人去”谓赵明诚已逝，用萧史、弄玉事。详见前《怨王孙》（梦断漏悄）注。

◎折梅逢驿使，寄与陇头人。江南无所有，聊赠一枝春。（南北朝陆凯《与范晔诗》。此处反用其意。）

◆黄本卷三以此词为“建炎元年南渡以后之作”。案：此为悼亡词。据《金石录后序》，赵明诚于建炎三年（1129）八月十八日卒于建康。本年冬，《梅苑》编成，将此词收入。词云“笛声三弄，梅心惊破，多少春情意”，系指笛曲《梅花三弄》而言，并非确指春日。词当作于明诚卒后不久也。（徐培均《李清照集笺注》）

◆陆氏《诗稿》（按指陆游《剑南诗稿》）卷三七《偶读陈无已芍药诗盖晚年所作也为之绝倒》：“少年妄想已痴绝，镜里何堪白发生。纵有倾城何预汝，可怜元未解人情。”……陈师道《谢赵生惠芍药》第二首原句云：“一枝剩欲簪双髻，未有人间第一人。”未必真道老尚风怀。潘德舆《养一斋诗话》卷八尝称为“眼空一世，无人之见者存”，得之。陆氏“绝倒”，似参死句。窃谓李清照《御街行·咏梅》：“一枝折得，人间天上，没个人堪寄。”即陈诗之意也。（钱锺书《管锥编》第三册《全上古三代文卷一六》）

满庭芳

残梅

小阁藏春，闲窗锁昼，
画堂无限深幽。
篆香烧尽，日影下帘钩。
手种江梅渐好，
又何必、临水登楼。
无人到，
寂寥恰似，何逊在扬州。

从来知韵胜，
难禁雨藉，不耐风揉。
更谁家横笛，吹动浓愁？
莫恨香消雪减，
须信道、扫迹情留。
难言处，良宵淡月，
疏影尚风流。

◎《梅花纪要》云："梁何逊在扬州法曹，廨舍有梅花一枝，逊吟咏其下。后居洛思梅花，再请其任，从之。抵扬州，花方盛，逊对花彷徨。(《全芳备祖》卷一《花部》)

◎东阁官梅动诗兴，还如何逊在扬州。（唐杜甫《和裴迪登蜀州东亭送客逢早梅相忆见寄》）

◎梅以韵胜，以格高，故以横斜疏瘦，与老枝怪奇者为贵。（宋范成大《梅谱后序》）

◎须信道，犹云须知道也。（张相《诗词曲语辞汇释》）

◎疏影横斜水清浅，暗香浮动月黄昏。（宋林逋《山园小梅》）

转调满庭芳

芳草池塘，绿阴庭院，
晚晴寒透窗纱。
玉钩金锁，管是客来唦。
寂寞尊前席上，
惟愁海角天涯。
能留否？酴醾落尽，
犹赖有梨花。

当年、曾胜赏，生香薰袖，
活火分茶。
极目犹龙骄马，流水轻车。
不怕风狂雨骤，
恰才称、煮酒残花。
如今也，不成怀抱，
得似旧时那？

◎池塘生春草，园柳变鸣禽。（南朝谢灵运《登池上楼》）

◎管，犹准也，定也。……曾觌《醉落魄》词："百般做处百厮惬。管是前生，曾负你冤业。"管是，准是也。（张相《诗词曲语辞汇释》）

◎（李约）天性惟嗜茶，能自煎，谓人曰："茶须缓火炙，活火煎。"活火谓炭火之焰者也。（唐赵璘《因话录》）

◎还似旧时游上苑，车如流水马如龙。（南唐李煜《望江南》）

凤凰台上忆吹箫

香冷金猊，被翻红浪，
起来慵自梳头。
任宝奁尘满，
日上帘钩。
生怕离怀别苦，
多少事、欲说还休。
新来瘦，非干病酒，
不是悲秋。

休休！
这回去也，千万遍《阳关》，
也则难留。
念武陵人远，烟锁秦楼。
惟有楼前流水，
应念我、终日凝眸。
凝眸处，从今又添，
一段新愁。

◎金猊，其形似狮，性好火烟，故立于香炉盖上。（明陆容《菽园杂记》）

◎鸳鸯绣被翻红浪。（宋柳永《凤栖梧》）

《凤凰台上忆吹箫》（香冷金猊）词意图

◎销黯，销黯。门共宝奁长掩。（宋贺铸《忆仙姿》）

◎日日花前常病酒，不辞镜里朱颜瘦。（南唐冯延巳《鹊踏枝》）

◎《阳关》，古送别曲。以唐王维《送元二使安西》诗为歌辞，曰："渭城朝雨浥轻尘，客舍青青柳色新。劝君更尽一杯酒，西出阳关无故人。"反覆歌之，谓之《阳关三叠》。（徐培均《李清照集笺注》）

◎秦楼，即凤台、凤凰台。此处化用《列仙传》弄玉与萧史仙凡相爱之典故，既写对明诚之思念、孤栖之寂寞，亦暗合调名，照应题旨。（同上）

◎思君如流水，何有穷已时。（三国徐幹《室思》）

◆"欲说还休"与"怕伤郎，又还休道"同意。（明杨慎批点本《草堂诗馀》）

◆出语自然，无一字不佳。（明茅暎《词的》）

◆懒说出，妙。瘦为甚的，尤妙。"千万遍"，痛甚！转转折折，忤合万状。清风朗月，陡化为楚雨巫云；阿阁洞房，并变成离亭别墅。至文也！（明沈际飞《草堂诗馀正集》）

◆宛转见离情别意，思致巧成。（明李廷机《草堂诗馀评林》）

◆非病酒，不悲秋，都为苦别瘦。（明吴从先《草堂诗馀隽》）

◆水无情于人，人却有情于水。（同上）

◆写出一种临别心神，而新瘦新愁，真如秦女楼头，声声有和鸣之奏。（同上）

◆雨洗梨花，泪痕犹在；风吹柳絮，愁思成团。易安此词颇似之。（明竹溪主人《风韵情词》）

◆此种笔墨，不减耆卿、叔原，而清俊疏朗过之。（清陈廷焯《云韶集》）

◆“新来瘦”三语，婉转曲折，煞是妙绝。（同上）

◆笔致绝佳，馀韵尤胜。（同上）

◆此首述别情，哀伤殊甚。起三句，言朝起之懒。“任宝奁”句，言朝起之迟。“生怕”二句，点明离别之苦，疏通上文；“欲说还休”，含凄无限。“新来瘦”三句，申言别苦，较病酒悲秋为尤苦。换头，叹人去难留。“念武陵”四句，叹人去楼空，言水念人，情意极厚。末句，补足上文，馀韵更隽永。（唐圭璋《唐宋词简释》）

◆李清照《凤凰台上忆吹箫》：“今年瘦，非干病酒，不是悲秋。”最为警拔。……李词不言“瘦”之缘由，而言“病酒”、“悲秋”皆非“瘦”之缘由，如禅宗所谓无“表言”而只“遮言”，名学推理所谓“排除法”，以二非逼出一是来，却又不明道是何，说而不说，不说而说。《宗镜录》卷三四：“今时人皆谓遮言为深、表言为浅”，此理可推之于绮语也。陈德武“望远行”：“谁道，为甚新来消瘦，底事恹恹烦恼。不是悲花，非干病酒，有个离肠难扫。”取李语敷衍，费词而作表言，徒成钝置。姚燮《卖花声》：“春痕憔悴到眉姿，只道寒深耽病久，讳说相思。”与李语相较，亦复说破乏味。（钱锺书《管锥编》第二册《焦氏易林》六《师》）

声声慢

寻寻觅觅，冷冷清清，
凄凄惨惨戚戚。
乍暖还寒时候，
最难将息。
三杯两盏淡酒，
怎敌他、晚来风急？
雁过也，
正伤心，却是旧时相识。

满地黄花堆积，
憔悴损，如今有谁堪摘？
守著窗儿，
独自怎生得黑？
梧桐更兼细雨，
到黄昏、点点滴滴。
这次第，
怎一个愁字了得！

◎将息，保重身体之义。有用之于普通问候者。（张相《诗词曲语辞汇释》）

◎次第，况状之辞，犹云状态也。（张相《诗词曲语辞

汇释》）

◎了得，济南章丘方言，意为了结。（徐培均《李清照集笺注》）

◆易安居士李氏，赵明诚之妻。《金石录》亦笔削其间。南渡以来，常怀京洛旧事。……秋词《声声慢》："寻寻觅觅，冷冷清清，凄凄惨惨切切。"此乃公孙大娘舞剑手。本朝非无能词之士，未曾有一下十四叠字者，用《文选》诸赋格。后叠又云："梧桐更兼细雨，到黄昏、点点滴滴。"又使叠字，俱无斧凿痕。更有一奇字云："守定窗儿，独自怎生得黑。""黑"字不许第二人押。妇人中有此文笔，殆间气也。（宋张端义《贵耳集》）

◆诗有一句叠三字者，如吴融《秋树》诗云："一声南雁已先红，摵摵凄凄叶叶同。"有一句连三字者，如刘驾云："树树树梢啼晓莺"、"夜夜夜深闻子规。"有两句连三字者，如白乐天云"新诗三十轴，轴轴金玉声"是也。有三联叠字者，如古诗云"青青河畔草，郁郁园中柳。盈盈楼上女，皎皎当窗牖。娥娥红粉妆，纤纤出素手"是也。有七联叠字者，昌黎《南山》诗云："延延离又属，夬夬叛还遘。喁喁鱼闯萍，落落月经宿。訚訚树墙垣，巘巘架库厩。参参削剑戟，焕焕衔莹琇。敷敷花披萼，闟闟屋摧霤。悠悠舒而安，兀兀狂以狃。超超出犹奔，蠢蠢骇不懋"是也。近时李易安词云："寻寻觅觅，冷冷清清，凄凄惨惨戚戚。"起头连叠十四字，以一妇人，乃能创意出奇如此。（宋罗大经《鹤林玉露》乙编）

◆宋人中填词，李易安亦称冠绝。使在衣冠，当与秦七、黄九争雄，不独雄于闺阁也。其词名《漱玉集》，寻之未得。《声声慢》一词最为婉妙。其词云……山谷所谓以故为新、以俗为雅者，易安先得之矣。（明杨慎《词

品》）

◆才一斛，愁千斛，虽六斛明珠，何以易之。（明卓人月《古今词统》）

◆连用十四叠字，后又四叠字，情景婉绝，真是绝唱。后人效颦，便觉不妥。（明茅暎《词的》）

◆予少时和唐宋词三百阕，独不敢次“寻寻觅觅”一篇，恐为妇人所笑。（清沈谦《填词杂说》）

◆李清照《声声慢·秋闺》词云：“寻寻觅觅，冷冷清清，凄凄惨惨戚戚。”首句连下十四个叠字，真如大珠小珠落玉盘也。（清徐釚《词苑丛谈》）

◆梦符（即元乔吉）又有《天净沙》词云：“莺莺燕燕春春。花花柳柳真真。事事风风韵韵，娇娇嫩嫩，停停当当人人。”此等句亦从李易安“寻寻觅觅”得来。（同上）

◆柳七最尖颖，时有俳狎，故子瞻以是呵少游。若山谷亦不免，如“我不合太撋就”，下此则蒜酪体也。惟易安居士“最难将息”、“怎一个愁字”，深稳妙雅，不落蒜酪，亦不落绝句，真此道本色当行第一人也。（清刘体仁《七颂堂词绎》）

◆其《声声慢》一阕，张正夫称为公孙大娘舞剑器手，以其连下十四叠字也。此却不是难处，因调名《声声慢》，而刻意播弄之耳。其佳处，后又下“点点滴滴”四字，与前照映有法，不是单单落句。玩其笔力，本自矫拔，词家少有，庶几苏、辛之亚。（清陆昶《历朝名媛诗词》）

◆双声叠韵字要着意布置。有宜双不宜叠，宜叠不宜双处。重字则既双且叠，尤宜斟酌。如李易安之“凄凄惨惨戚戚”，三叠韵，六双声，是锻炼出来，非偶然拈得也。

（清周济《宋四家词选序论》）

◆“黑”字警，后幅一片神行，愈唱愈妙。（清陈廷焯《云韶集》）

◆李易安《声声慢》词：“寻寻觅觅，冷冷清清，凄凄惨惨戚戚。”昔人称其造句新警。其源盖出于《尔雅·释训篇》，篇中自“明明”至“秩秩”，叠句凡一百四十四，“殷殷茕茕”一段连叠十字，此千古创格，亦绝世奇文也。（清陆以湉《冷庐杂识》）

◆须戒重叠字面前后相犯，虽绝妙好词，毕竟不妥，万不得已用之。如李易安《声声慢》叠用三“怎”字，虽曰读者全然不觉，究竟敲打出来，终成白璧微瑕，况未能尽如李易安之善运用，慎之是也。（清孙致弥《词鹄》凡例）

◆“黑”韵却新。再添何字？（清王闿运《湘绮楼词选》前编）

◆此词最得咽字诀，清真不及也。（梁令娴《艺蘅馆词选》乙卷引梁启超语）

◆此词见《漱玉集》，无题。然望文知是写一天之实感。一种茕独恓惶之景况，动人魂魄。（梁启勋《词学》）

◆此词乃北宋女词人中特异之作。运用白话，而未反词之体性，斯为难得。（任中敏《词曲通义》）

◆此词上片既言“晚来”，下片如何可言“到黄昏”雨滴梧桐，前后言语重复，殊不可解。若作“晓来”，自朝至暮，整日凝愁，文从字顺，豁然贯通。（唐圭璋《读李清照词札记》）

◆此首纯用赋体，写竟日愁情，满纸呜咽。起下十四叠字，总言心情之悲伤。中心无定，如有所失，故曰“寻寻觅觅”。房栊寂静，空床无人，故曰“冷冷清清”。

“凄凄惨惨戚戚”六字，更深一层，写孤独之苦况，愈难为怀。以下分三层申言可伤之情景。“乍暖”两句，言气候寒暖不定之可伤。“三杯”两句，言晓风逼人之可伤。“雁过”两句，言雁声入耳之可伤。换头三句，仍是三层可伤之事。“满地”两句，言懒摘黄花之可伤。“守着”两句，言日长难黑之可伤。“梧桐”两句，言雨滴梧桐之可伤。末句，总束以上六层可伤之事。（唐圭璋《唐宋词简释》）

◆一个愁字不能了，故有十四叠字，十四个叠字不能了，故有全首。总由生活痛苦，不得不吐而出之，绝非无此生活而凭空想写作可比也。（刘永济《唐五代两宋词简析》）

◆其《声声慢》连用十四叠字，人咸服其奇隽。然一首中三用“怎”字，不免重遝。故《词鹄》讥为终成白璧微瑕。（饶宗颐《词集考》）

庆清朝

禁幄低张，雕栏巧护，
就中独占残春。
客华淡伫，绰约俱见天真。
待得群花过后，
一番风露晓妆新。
妖娆态，妒风笑月，
长殢东君。

东城边，南陌上，
正日烘池馆，竞走香轮。
绮筵散日，
谁人可继芳尘？
更好明光宫里，
几枝先向日边匀。
金尊倒，拚了画烛，
不管黄昏。

◎天然淡伫好精神，洗尽严妆方见媚。（宋柳永《木兰花》）

◎明光宫，（汉）武帝太初四年秋起，在长乐宫后，南与长乐宫相连属。（《三辅黄图》。此处借指汴京宋宫）

◆此词上阕咏芍药，下阕写郊游盛况，一片承平气象。考清照生平，建中靖国元年（1101）适赵明诚。词盖崇宁间作于汴京。据孟元老《东京梦华录》卷之七《清明节》："都城人出郊……节日亦禁中出车马……莫非金装绀幰，锦额珠帘，绣扇双遮，纱笼前导，士庶阗塞诸门。纸马铺皆于当街，用纸衮叠成楼阁之状。四野如市，往往就芳树之下，或园囿之间，罗列杯盘，互相劝酬。都城之歌儿舞女，遍满园亭，抵暮而归。"下半阕词境亦如之。（徐培均《李清照集笺注》）

念奴娇

萧条庭院，又斜风细雨，
重门须闭。
宠柳娇花寒食近，
种种恼人天气。
险韵诗成，扶头酒醒，
别是闲滋味。
征鸿过尽，万千心事难寄。

楼上几日春寒，
帘垂四面，玉阑干慵倚。
被冷香消新梦觉，
不许愁人不起。
清露晨流，新桐初引，
多少游春意。
日高烟敛，更看今日晴未？

◎春色恼人遮不得，别愁如疟避还来。（唐罗隐《春日叶秀才曲江》）

◎古人于卯时饮酒称卯酒，亦名“扶头酒”。……扶头原义当为醉头扶起。“扶头酒”是一复合的名词。宿醒未解，更饮早酒以投之，所用只是较淡的酒，以此种饮法能发生和解作用，故亦以“扶头”称之。……易安此句当亦然。又如下录《声声慢》云云，只是三两杯淡酒而已。（俞平伯《唐宋词选释》）

◎王恭始与王建武（王忱）甚有情，后遇袁悦之间，遂致疑隙，然每至兴会，故有相思时。恭尝行散至京口射堂，于时清露晨流，新桐初引，恭目之，曰：“王大（王忱）故自濯濯。”（《世说新语·赏誉》）

◆前辈尝称易安“绿肥红瘦”为佳句。余谓此篇“宠柳娇花”之句，亦甚奇俊，前此未有能道之者。（宋黄昇《花庵词选》）

◆情景兼至，名媛中自是第一。（明杨慎批点本《草堂诗馀》）

◆欧阳公词“草薰风暖摇征辔”，乃用江淹《别赋》“闺中风暖，陌上草薰”之语也。苏公词：“照野瀰瀰浅浪，横空暧暧微霄。”乃用陶渊明“山涤馀霭，宇暧微霄”之语也。填词虽于文为末，而非自选诗、乐府来，亦不能入妙。李易安词“清露晨流，新桐初引”，乃全用《世说》语。女流有此，在男子亦秦、周之流也。（明杨慎《词品》）

◆真声也。不效颦于汉魏，不学步于盛唐，应情而发，能通于人。（明沈际飞《草堂诗馀正集》）

◆“宠柳娇花”，又是易安奇句。后人窃其影，似犹惊目。（明沈际飞《草堂诗馀正集》卷四）

◆（“不许愁人不起”句）苦境，亦实境。（明陆云龙《词菁》）

◆心事有万千，岂征鸿可寄？新梦，不知梦何事？（明吴从先《草堂诗馀隽》）

◆心事托之新梦，言有寄而情无方，玩之自有意味。

（同上）

◆“清露晨流，新桐初引”用《世说》全句，浑妙。尝论词贵开宕，不欲沾滞。忽悲忽喜，乍近乍远，所为妙耳。如游乐词，须微着愁思，方不痴肥。李《春情》词本闺怨，结云“多少游春意”、“更看今日晴未”，忽尔开拓，不但不为题束，并不为本意所苦。直如行云舒卷自如，人不觉耳。（清毛先舒《诗辨坻》）

◆李易安“被冷香消新梦觉，不许愁人不起”、“守着窗儿，独自怎生得黑”，皆用浅俗之语，发清新之思，词意并工，闺情绝调。（清彭孙遹《金粟词话》）

◆李易安“被冷香消清梦觉，不许愁人不起”，又“于今憔悴，风鬟霜鬓，怕见夜间出去”，杨用修以其寻常言语度入音律，殊为自然。但“守着窗儿，独自怎生得黑”，又“梧桐又兼细雨，到黄昏点点滴滴”，正词家所谓以易为险，以故为新者，易安先得之矣。（清沈雄《古今词话·词品》）

◆只写心绪落寞，遇寒食更难遣耳。陡然而起，便尔深邃。至前段云“重门须闭”，后段云“不许不起”，一开一合，情各戛戛生新。起处雨，结句晴，局法浑成。（清黄苏《蓼园词选》）

◆世称易安“绿肥红瘦”为佳句。黄叔旸谓：“宠柳娇花”，语亦甚奇俊，前此未有能道之者。结亦合拍。（清陈廷焯《云韶集》）

◆李易安《百字令》词用《世说》，亭然以奇，别出机杼。（清张德瀛《词徵》）

◆此首写心绪之落寞，语浅情深。“萧条”两句言风雨闭门，“宠柳”两句言天气恼人，四句以景起；“险韵”两句言诗酒消遣，“征鸿”两句言心事难寄，四句以情承。换头，写楼高寒重，玉阑懒倚。“被冷”两句言懒起而不得不起，“不许”一句颇婉妙。“清露”两句用《世说》，点明外界春色，抒欲图自遣之意。末两句宕开，语似兴会，意仍伤极。盖春意虽盛，无如人心悲伤，欲游终懒，天不晴自不能游，实则即晴亦未必果游。李氏《武陵春》云“闻说双溪春尚好，也拟泛轻舟”，亦与此同意。其下续云“只恐双溪舴艋舟，载不动许多愁”，亦是打算一游，而终懒游也。（唐圭璋《唐宋词简释》）

永遇乐

元宵

落日熔金，暮云合璧，
人在何处？
染柳烟浓，吹梅笛怨，
春意知几许？
元宵佳节，融和天气，
次第岂无风雨？
来相召、香车宝马，
谢他酒朋诗侣。

中州盛日，闺门多暇，
记得偏重三五。
铺翠冠儿，捻金雪柳，
簇带争济楚。
如今憔悴，风鬟霜鬓，
怕见夜间出去。
不如向、帘儿底下，
听人笑语。

◎落日水熔金，天淡暮烟凝碧。（宋廖世美《好事

近》）

◎次第，进展之辞，犹云接着也，转眼也。（张相《诗词曲语辞汇释》）

◎见大王爱女牧羊于野，风鬟雨鬓，所不忍视。（《太平广记》四一九载李朝威《柳毅传》）

◆此词当作于南渡以后。张端义《贵耳集》卷上谓“晚年赋元宵《永遇乐》词”，甚是。（徐培均《李清照集笺注》）

◆易安居士李氏，赵明诚之妻。《金石录》亦笔削其间。南渡以来，常怀京洛旧事。晚年赋元宵《永遇乐》词云：“落日熔金，暮云合璧”，已自工致。至于“染柳烟轻，吹梅笛怨，春意知几许”，气象更好。后叠云：“于今憔悴，风鬟霜鬓，怕见夜间出去。”皆以寻常语度入音律。炼句精巧则易，平淡入调者难。且秋词《声声慢》：“寻寻觅觅，冷冷清清，凄凄惨惨切切。”此乃公孙大娘舞剑手。本朝非无能词之士，未曾有一下十四叠字者，用《文选》诸赋格。后叠又云：“梧桐更兼细雨，到黄昏、点点滴滴。”又使叠字，俱无斧凿痕。更有一奇字云：“守定窗儿，独自怎生得黑。”“黑”字不许第二人押。妇人中有此文笔，殆间气也。有《易安文集》。（宋张端义《贵耳集》）

◆昔人咏节序，不惟不多；付之歌喉者，类是率俗，不过为应时纳祜之声耳。所谓清明“拆桐花烂漫”、端午“梅霖初歇”、七夕“炎光谢”，若律以词家调度，则皆未然。岂如美成《解语花》赋元夕云：“风销焰蜡，露浥烘炉，花市光相射。桂华流瓦。纤云散，耿耿素娥欲下。衣裳淡雅。看楚女、纤腰一把。箫鼓喧，人影参差，满路飘香麝。　因念帝城放夜。望千门如昼，嬉笑游冶。钿车罗帕。相逢处、自有暗尘随马。年光是也。惟只见、旧情衰谢。清漏移，飞盖归来，从舞休歌罢。”史邦卿《东风第一枝》赋立春云：“草脚愁苏，花心梦醒，鞭香拂散牛土。旧歌空忆珠帘，彩笔倦题绣户。粘鸡贴燕，想占断、东风来处。暗惹起、一掬相思，乱若翠盘红缕。　今夜觅、梦池秀句。明日动、探花芳绪。寄声酣酒人家，预约俊游伴侣。怜他梅柳，怎忍润、天街酥雨。待过了、一月灯期，日日醉扶归去。”《黄钟喜迁莺》赋元夕云：“月波疑滴。望玉壶天近，了无尘隔。翠缬圈花，冰丝织练，黄道宝光相直。自怜诗酒瘦，难应接、许多春色。最无赖、是随香趁烛，曾伴狂客。　踪迹。谩记忆。老了杜郎，忍听东风笛。柳院灯疏，梅厅雪在，谁与细倾春碧。旧情拘未定，犹自学、当年游历。怕万一，误玉人、夜寒帘隙。”如此等妙词颇多。不独措词精粹，又且见时序风物之盛、人家宴乐之同，则绝无歌者。至于李易安《永遇乐》云：“不如向、帘儿底下，听人笑语。”此词亦自不恶。而以俚语歌于坐花醉月之际，似乎击缶韶外，良可叹也。（宋张炎《词源》卷下《节序》）

◆辛稼轩词“泛菊杯深，吹梅角暖”，盖用李易安“染柳烟轻，吹梅笛怨”也。然稼轩改数字更工，不妨袭用，不然，岂盗狐白裘耶？（明杨慎《词品》。按所引辛词乃刘过作，杨慎误引。）

◆辛、李皆南渡前后人，相去不远，又二人皆词手，安得谓辛剽李语乎！（胡应麟《少室山房笔丛》卷二十一《艺林学山》三）

◆论曰：…… 若夫学士微云，郎中三影。尚书红杏之篇，处士春草之什。柳屯田晓风残月，文洁而体清；李易安落日暮云，虑周而藻密。综述性灵，敷写气象，盖骎

骎乎大雅之林矣。（谢章铤《赌棋山庄词话》卷三《张鉴拟姜白石传》）

◆大抵易安诸作，能疏俊而少沉着。即如《永遇乐》元宵词，人咸谓绝佳。此词感怀京洛，须有沉痛语方佳：词中如“如今憔悴，风鬟雾鬓，怕向花间重去”，固是佳语，而上下文皆不称。上云：“铺翠冠儿，捻金雪柳，簇带争济楚。”下云：“不如向帘儿底下，听人笑语。”皆太质率，明者自能辨之。（吴梅《词学通论·概论二》）

◆此建炎三年春清照南下时与赵明诚同居建康作。元宵节同居建康，惟此一年。清照因明诚病于建康，再来，乃七月间。八月，明诚病亡。柳、梅皆初春之物，见景物依然好也。“香车宝马”，即“酒朋诗侣”、“来相召”出游也。下半阕因今日之元宵，追忆汴京之元宵，两两比较，自有今昔盛衰之感。而“听人笑语”，又有人己苦乐不同之意。（刘永济《唐五代两宋词简析》）

◆此词多处不协律，如“暮云合璧”之“合”，应作平，“怕见夜间出去”之“出”，也应作平，连同“春意知几许”之“几”、“记得偏重三五”之“重”、“簇带争济楚”之“济”，共五字不协律，与其《词论》自相矛盾。（吴世昌《词林新话》）

多丽

咏白菊

小楼寒，夜长帘幕低垂。
恨潇潇、无情风雨，
夜来揉损琼肌。
也不似、贵妃醉脸，
也不似、孙寿愁眉。
韩令偷香，徐娘傅粉，
莫将比拟未新奇。
细看取、屈平陶令，
风韵正相宜。
微风起，清芬蕴藉，
不减酴醿。

渐秋阑、雪清玉瘦，
向人无限依依。
似愁凝、汉皋解佩，
似泪洒、纨扇题诗。
明月清风，浓烟暗雨，
天教憔悴度芳姿。
纵爱惜、不知从此，

留得几多时。
人情好，何须更忆，
泽畔东篱。

◎（梁冀）妻孙寿，色美而善为妖态，作愁眉、啼妆、堕马髻、折腰步、龋齿笑，以为媚惑。（《后汉书·梁冀传》）

◎韩寿美姿容，贾充辟以为掾。每聚会，贾女于青琐中看，见寿，说之，恒怀存想，发于吟咏……寿闻之心动，遂请婢潜修音问，及期往宿。寿蹻捷绝人，逾墙而入，家中莫知。自是充觉女盛自拂拭，说畅有异于常。后会诸吏，闻寿有奇香之气，是外国所贡，一着人则历月不歇。充计武帝惟赐己及陈骞，馀家无此香，疑寿与女通……乃托言有盗，令人修墙。使反曰："其馀无异，唯东北角如有人迹，而墙高非人所逾。"充乃取女左右婢考问，即以状对。充秘之，以女妻寿。（《世说新语·惑溺》）

◎（徐妃）讳昭佩，东海郯人也。帝左右暨季江有姿容，又与淫通。季江每叹曰："柏直狗虽老，犹能猎，萧溧阳马虽老，犹骏；徐娘虽老，犹尚多情。（《南史梁·元帝徐妃传》）

◎何平叔（晏）美姿仪，面至白。魏明帝疑其傅粉，正夏月，与热汤饼，既啖，大汗出。以朱衣自拭，色转皎然。（《世说新语·容止》。此将何晏傅粉事移植于徐娘。）

◎郑交甫将南适楚，遵彼汉皋台下，遇二女，佩两珠。交甫目而挑之，两女解佩赠之。（《韩诗外传》）

◎汉班昭，成帝时入宫，后被立为婕好。后赵飞燕得宠，颇娇妒，昭退居东宫，尝作《怨歌行》云："新裂齐纨素，皎洁如霜雪。裁为合欢扇，团团似明月。出入君怀袖，动摇微风发。常恐秋节至，凉风夺炎热。弃捐箧笥中。恩情中道绝。”（徐培均《李清照集笺注》）

◎（谢譓）有时独醉，曰：“入吾室者，但有清风；对吾饮者，唯当明月。”（《南史·谢譓传》）

◆黄本卷二谓此词“大观二年屏居乡里至建炎元年南渡以前之作”。王仲闻《李清照事迹编年》：“公元1127年（建炎元年丁未）”，“冬十二月壬戌，青州兵变”。下云：“赵明诚为诸城人，故近来考证清照事迹，俱以明诚屏居十年之乡里为诸城。考之事实，恐有未然。赵挺之已由密州诸城移居青州（见《宋宰辅编年录》卷十二），虽在京为相，其旧居必在青州。崇宁五年，赵挺之且数乞归青州私第（见《通鉴长编纪事本末》卷一百三十一引《赵挺之行状》）。明诚屏居时，似不至再由青移居诸城……所云乡里，如为青州，颇能与事实相合。”案：于《谱》谓大观元年（1107）秋，李清照偕赵明诚屏居青州乡里。词中所咏白菊，似有寄托。风雨揉损琼肌，盖喻政治风波对赵家之打击；不似贵妃、孙寿、韩令、徐娘云云，盖喻不屑取媚蔡京等权贵。而屈平遭谗去国、陶潜挂冠隐退，正借喻明诚与自己屏居青州也。故可推知，词乃作于本年九月。（徐培均《李清照集笺注》）

◆李易安《多丽·咏白菊》，前段用贵妃、孙寿、韩掾、徐娘、屈平、陶令若干人物；后段雪清玉瘦、汉皋纨扇、朗月清风、浓烟暗雨许多字面，却不嫌堆垛，赖有清气流行耳。“纵爱惜，不知从此，留得几多时”，三句最佳，所谓传神阿堵，一笔凌空，通篇俱活。歇拍不妨更用“泽畔东篱”字。昔人评《花间》镂金错绣而无痕迹，余于此阕亦云。（况周颐《珠花簃词话》）

新荷叶

薄露初零，
长宵共、永昼分停。
绕水楼台，高耸万丈蓬瀛。
芝兰为寿，
相辉映、簪笏盈庭。
花柔玉净，捧觞别有娉婷。

鹤瘦松青，
精神与、秋月争明。
德行文章，素驰日下声名。
东山高蹈，
虽卿相、不足为荣。
安石须起，要苏天下苍生。

◎谢太傅（安）问诸子侄："子弟亦何预人事，而正欲使其佳？"诸人莫有言者，车骑（谢玄）答曰："譬如芝兰玉树，欲使其生于阶庭耳。"（《世说新语·言语》。芝兰，喻佳子弟。）

◎秋月扬明辉，冬岭秀孤松。（晋顾恺之《神情诗》）

◎谢公在东山，朝命屡降而不动。后出为桓宣武司马，将发新亭，朝士咸出瞻送。高灵……戏曰："卿屡违

朝旨，高卧东山，诸人每相与言：安石不肯出，将如苍生何？今亦苍生将如卿何？”（《世说新语·排调》）

◆此词盖为祝晁补之寿诞而作。……陈祖美云：“大观二年（1108）恰是晁补之闲居金乡的第六个年头。是年晁氏重修了他在金乡隐居的松菊堂。青州、金乡同属今山东，二地相隔不远。晁补之与李格非素有通家之谊，更是清照文学上的忘年交和‘说项’者，在晁氏五十六岁生日时，清照或前往祝寿，从而写了这首词。”（徐培均《李清照集笺注》）

长寿乐

南昌生日

微寒应候，
望日边、六叶阶蓂初秀。
爱景欲挂扶桑，
漏残银箭，杓回摇斗。
庆高闳此际，
掌上一颗明珠剖。
有令容淑质，归逢佳偶。
到如今，昼锦满堂贵胄。

荣耀，文步紫禁，
一一金章绿绶。
更值棠棣连阴，
虎符熊轼，夹河分守。
况青云咫尺，
朝暮重入承明后。
看彩衣争献，兰羞玉酎。
祝千龄，借指松椿比寿。

◎佳偶，指南昌夫人之夫韩治。治，字循之，忠彦

子，琦孙。（徐培均《李清照集笺注》）

◎（韩）琦守相，作昼锦堂，治（肖胄父）作荣归堂，肖胄又作荣贵堂。三世守乡郡，人以为荣。（《宋史·韩肖胄传》）

◎棠棣，燕兄弟也。（《诗经·小雅·常棣》序）

◎公、列侯安车，朱班轮，倚鹿较，伏熊轼。（《后汉书·舆服志上》）

◎（杜周）及久任事，历三公，而两子夹河为郡守。（《汉书·杜周传》）

◎老莱子孝养二亲，行年七十，婴儿自娱，著五色彩衣，尝取浆上堂，跌仆，因卧地为小儿啼，或弄乌鸟于亲侧。(《艺文类聚》卷二十引《列女传》。此言肖胄"事母以孝闻"。)

◎楚之南有冥灵者，以五百岁为春，五百岁为秋。上古有大椿者，以八千岁为春，八千岁为秋。(《庄子·逍遥游》)

◆此词盖为韩肖胄母文氏而作。文氏，名相彦博孙女。南昌，乃夫人诰命。绍兴三年（1133)，韩肖胄奉命使金，《宋史》本传载："母文语之曰：'汝家世受国恩，当受命即行，勿以我老为念。'帝称为贤母，封荣国夫人。"清照此时有《上枢密韩公》诗，序称"有易安室者，父、祖皆出韩公门下"，有此渊源，故当其母生日，上此寿词。因附此词于绍兴二年（1132)，待考。（徐培均《李清照集笺注》）

生查子

年年玉镜台，
梅蕊宫妆困。
今岁不归来，
怕见江南信。

酒从别后疏，
泪向愁中尽。
遥想楚云深，
人远天涯近。

◎（南朝宋）武帝女寿阳公主，人日卧于含章檐下，梅花落公主额上，成五出之花，拂之不去。皇后留之，自后有梅花妆是也。（唐韩鄂《岁华纪丽》卷一《人日》）

◎吴陆凯与范晔善，自江南寄梅花诣长安与晔，并赠诗曰："折梅逢驿使，寄与陇头人。江南无所有，聊赠一枝春。"（《荆州记》。此以"江南信"指代梅花。）

◆此词一作朱淑真作。

◆（"泪向"、"遥想"二句）曲尽无聊之况。是至情，是至语。（明赵世杰《古今女史》）

浣溪沙

楼上晴天碧四垂，
楼前芳草接天涯。
劝君莫上最高梯。

新笋春成堂下竹，
落花都上燕巢泥。
忍听林表杜鹃啼。

◎山映斜阳天接水，芳草无情，更在斜阳外。（宋范仲淹《苏幕遮》）

◎不畏浮云遮望眼，自缘身在最高层。（宋王安石《登飞来峰》）

◎忍听黄昏杜鹃啼。（南唐李中《钟陵寄从弟》）

◆此词一作周邦彦作。

◆凄凉怨慕，言为心声。（清陈廷焯《词则·别调集》）

◆此词前段与稼轩“休去倚危阑，斜阳正在，烟柳断肠处”约略同意。李极轻清，辛便秾挚。南北宋之判，消息可参。（况周颐《珠花簃词话》）

◆上阕有李白《菩萨蛮》词“有人楼上愁”、“玉阶空伫立”之意。下阕“新笋”二句写景即言情，有手挥目送之妙。芳草已过，而归期犹滞，忍更听鹃声耶！（俞陛云《唐五代两宋词选释》）

◆此词一气呵成，空灵完整，对句极自然，《浣溪沙》之正格也……下片偶句，新生与蕉萃合参，极醒豁又极蕴藉。结句轻轻即收，不堕入议论恶道；与上片之结，并其微婉。正类二王妙楷，中锋直下，如痴冻蝇也。（俞平伯《清真词释》）

◆本篇与《花间集》卷七孙光宪《浣溪沙》一词用语颇相似，而意各别，可参看。本篇又见李清照《漱玉词》。（俞平伯《唐宋词选释》）

丑奴儿

夏意

晚来一阵风兼雨，
洗尽炎光。
理罢笙簧，
却对菱花淡淡妆。

绛绡缕薄冰肌莹，
雪腻酥香。
笑语檀郎，
今夜纱厨枕簟凉。

◎炎光谢，过暮雨，芳尘轻洒。（宋柳永《二郎神》）

◆此词一作康与之作。

浪淘沙

素约小腰身，
不奈伤春。
疏梅影下晚妆新。
袅袅婷婷何样似？
一缕轻云。

歌巧动朱唇，
字字娇嗔。
桃花深径一通津。
怅望瑶台清夜月，
还照归轮。

◎肩若削成，腰如约素。（三国魏曹植《洛神赋》）

◎汉永平中，剡县人刘晨、阮肇入天台山采药，望山头有桃，取食。下山得涧水饮之，见一杯流出，中有胡麻饭屑。二人相谓曰："此去人家不远矣。"因过水，行二里，又度一山，出大溪，见二女绝色，唤刘、阮姓名，曰："郎来何晚也？"因过其家，行夫妇之礼。住半年，求归甚切，遂从洞口出。自入山至归，已历七代子孙矣。（南朝梁吴均《续齐谐记》）

◆此词一作赵子发作。

◆"约"字清妙，远胜"束"字。（陈耀文《花草粹

编》卷五引《古今词话》）

◆“不奈”、“娇嗔”，的确。描就一个娇娃。（明沈际飞《草堂诗馀》）

鹧鸪天

枝上流莺和泪闻，
新啼痕间旧啼痕。
一春鱼鸟无消息，
千里关山劳梦魂。

无一语，对芳樽，
安排肠断到黄昏。
甫能炙得灯儿了，
雨打梨花深闭门。

◎甫能，犹云方才也。（张相《诗词曲语辞汇释》）

◆此词一作秦观作。

◆此词形容愁怨之意最工。如后叠“甫能炙得灯儿了，雨打梨花深闭门”，颇有言外之意。（《草堂诗馀前集》卷上引《古今词话》）

◆无限含愁，说不得。（明杨慎批点本《草堂诗馀》）

◆后段三句似佳，结语尤曲折婉约有味，若嫌曲细。词与诗体不同，正欲其精工。故谓秦淮海“以词为诗”。尝有“帘幕千家锦绣垂”之句，孙莘老见之云：“又落小石调矣。”（明张綖《草堂诗馀别录》）

◆“梨花”句与《忆王孙》同，才如少游，岂亦自袭耶？抑爱而不觉其重耶？（明茅暎《词的》）

◆新痕间旧痕，一字一血。（明李攀龙《草堂诗馀隽》）

◆结两句有言外无限深意。（同上）

◆形容闺中愁怨，如少妇自吐肝胆语。（同上）

◆“安排肠断”二句，十二时中无间矣。深于闺怨者。（明沈际飞《草堂诗馀》）

◆末用李（重元）词，古人爱句，不嫌相袭。（同上）

◆词虽浓丽而乏趣味者，以其但知作情景两分语，不知作景中有情、情中有景语耳。“雨打梨花深闭门”、“落红万点愁如海”，皆情景双绘，故称好句而趣味无穷。（清沈祥龙《论词随笔》）

◆孤臣思妇，同难为情。“雨打梨花”句含蓄得妙，超诣也。（清黄苏《蓼园词选》）

瑞鹧鸪

双银杏

风韵雍容未甚都，
尊前甘橘可为奴。
谁怜流落江湖上，
玉骨冰肌未肯枯。

谁教并蒂连枝摘，
醉后明皇倚太真。
居士擘开真有意，
要吟风味两家新。

◎郭璞曰："都，犹姣也。《诗》：'洵美且都。'"（《史记·司马相如传》集解引）

◎（李）衡每欲治家，妻辄不听。后密遣十人，于武陵龙阳氾洲上作宅，种甘橘千株。临死，敕儿曰："汝母恶我治家，故穷如是。然吾州里有千头木奴，不责汝衣食。岁上一匹绢，亦可足用耳。"衡亡后二十馀日，儿以白母。母曰："此当是种甘橘也……"吴末，衡甘橘成，岁得绢数千匹，家道殷足。（《三国志·吴志·孙休传》注引《襄阳记》）

◎明皇与贵妃幸华清宫，因宿酒初醒，凭妃子肩同看木芍药。上亲折一枝，与妃子递嗅其艳。（五代王仁裕

《开元天宝遗事》卷下。此喻银杏双双相倚。）

◎“居士”句写宋时习俗。《岁时广记》卷五引《琐碎录》：“京师人岁旦用盘盛柏一枝，柿、橘各一枚，就中擘破，众分食之，以为一岁‘百事吉’之兆。”此处盖以银杏（俗称白果）代柿配橘，在尊前（筵前）擘开，亦取“百事吉”之意。（徐培均《李清照集笺注》）

品令

零落残红，恰浑似、胭脂色。
一年春事，柳飞轻絮，
笋添新竹。
寂寞幽闺，坐对小园嫩绿。

登临未足，
怅游子、归期促。
他年魂梦，千里犹到，
城阴溪曲。
应有凌波，时为故人凝目。

◎林花着雨胭脂湿，水荇牵风翠带长。（唐杜甫《曲江对雨》）

◎凌波不过横塘路，但目送，芳尘去。（宋贺铸《青玉案》）

◆此词一作曾纡作。

附录

总　评

庄绰《鸡肋编》　靖康初，罢舒王王安石配享宣圣，复置《春秋》博士，又禁销金。时皇弟肃王使虏，为其拘留未归。种师道欲击虏，而议和既定，纵其去，遂不讲防御之备。太学轻薄子为之语曰："不救肃王废舒王，不御大金禁销金，不议防秋议《春秋》。"其后，金人连年以深秋弓劲马肥入寇，薄暑乃归。远至湖、湘、二浙，兵戈扰攘，所在未尝有乐土也。自是越人至秋亦隐山间，逾春乃出。人又以《千字文》为戏曰："彼则寒来暑往，我乃秋收冬藏。"时赵明诚妻李氏清照亦作诗以诋士大夫云："南渡衣冠欠王导，北来消息少刘琨。"又云："南游尚觉吴江冷，北狩应悲易水寒。"后世皆当为口实矣。

晁公武《郡斋读书志》 李氏，格非之女，先嫁赵诚之，有才藻名。其舅正夫相徽宗朝，李氏尝献诗曰："炙手可热心可寒。"然无检操，晚节流落江湖间以卒。

朱彧《萍洲可谈》 本朝女妇之有文者，李易安为首称。易安名清照，元祐名人李格非之女。诗之典赡，无愧于古之作者。词尤婉丽，往往出人意表，近未见其比。所著有文集十二卷、《漱玉集》一卷。然不终晚节，流落以死。天独厚其才而啬其遇，惜哉。（按：今本《萍洲可谈》无此条，王仲闻《李清照集校注》辑自影明钞本）

胡仔《苕溪渔隐丛话》前集 苕溪渔隐曰：近时妇人能文词，如李易安，颇多佳句。小词云："昨夜雨疏风骤，浓睡不消残酒。试问卷帘人，却道海棠依旧。知否。知否。应是绿肥红瘦。"此语甚奇。又九日词云："帘卷西风，人比黄花瘦。"此语亦妇人所难到也。易安再适张汝舟，未几又反目，有启事与綦处厚云："猥以桑榆之晚景，配兹驵侩之下材。"传者笑之。

又后集 苕溪渔隐曰：易安历评诸公歌词，皆摘其短，无一免者。此论未公，吾不凭也。其意盖自谓能擅其长，以乐府名家者。退之诗云："不知群儿愚，那用故谤伤。蚍蜉撼大树，可笑不自量。"正为此辈发也。

又 《诗说隽永》云：今代妇人能诗者，前有曾夫人魏，后有易安李。李在赵氏时，建炎初，从秘阁守建康，作诗云："南来尚怯吴江冷，北狩应悲易水寒。"又云："南渡衣冠少王导，北来消息欠刘琨。"

王灼《碧鸡漫志》 易安居士，京东路提刑李格非文叔之女，建康守赵明诚德甫之妻。自少年便有诗名，才力华赡，逼近前辈。在士大夫已不多得。若本朝妇人，当推词采第一。赵死，再嫁某氏，讼而离之。晚节流荡无归。作长短句，能曲折尽人意，轻巧尖新，姿态百出。闾巷荒淫之语，肆意落笔。自古搢绅之家，能文妇女，未见如此无顾藉也。陈后主游宴，使女学士、狎客赋诗相赠答，采其尤艳丽者，被以新声，不过"璧月夜夜满，琼树朝朝新"等语。李戡尝痛元白诗纤艳不逞，非庄士雅人，多为其破坏。流于民间，子父女母，交口教授，淫言媟语，冬寒夏热，入人肌骨，不可除去。二公集尚存，可考也。元与白书，自谓："近世妇人，晕淡眉目，绾约头鬟，衣服修广之度，及匹配色泽，尤剧怪艳，因为艳诗百馀首。"今集中不载。元《会真》诗、白《梦游春》诗，所谓纤艳不逞，淫言媟语，止此耳。温飞卿多作侧词艳曲，其甚者"合欢桃叶终堪恨，里许元来别有人"、"玲珑骰子安红豆，入骨相思知不知"，亦止此耳。今之士大夫，学曹组诸人鄙秽歌词，则为艳丽如陈之女学士、狎客，为纤艳不逞、淫言媟语如元白，为侧词艳曲如温飞卿，皆不敢也。其风至闺房妇女，夸张笔墨，无所羞畏，殆不可使李戡见也。

朱熹《晦庵说诗》 本朝妇人能文，只有李易安与魏夫人。李有诗，大略云："两汉本继绍，新室如赘疣。所以嵇中散，至死薄殷周。"中散非汤武得国，引之以比王莽，如此等语，岂女子所能。

陆游《夫人孙氏墓志铭》 夫人幼有淑质，故建康明诚之配李氏，以文辞名家，欲以其学传夫人。时夫人始十馀岁，谢不可，曰："才藻非女子事也。"

陆游《老学庵笔记》 张子韶对策，有"桂子飘香"之语。赵明诚妻嘲之曰："露华倒影柳三变，桂子飘香张九成。"

赵彦卫《云麓漫抄》 李氏自号易安居士，赵明诚德甫之室，李文叔女，有才思。文章落纸，人争传之。小词多脍炙人口，已版行于世，他文少有见者。

魏仲恭《断肠诗集序》 尝闻摛藻丽句，固非女子之事。间有天姿秀发，性灵钟慧，出言吐句，有奇男子之所不如。虽欲掩其名，不可得耳。如蜀之花蕊夫人、近时之李易安，尤显显著名者。各有宫词、乐府行于世。然所谓脍炙者，可一二数，岂能皆佳也。

朱弁《风月堂诗话》 赵明诚妻，李格非女也。善属文，于诗尤工。晁无咎多对士大夫称之。如"诗情如夜鹊，三绕未能安"、"少陵也自可怜人，更待来年试春草”之句，颇脍炙人口。格非，山东人，元祐间作馆职。

元淮《读李易安文》 绿肥红瘦有新词，画扇文窗遣兴时。象管鼠须书草帖，就中几字胜羲之。

杨维桢《曹氏雪斋弦歌集序》 女子诵书属文者，史称东汉曹大家氏。近代易安、淑真之流，宣徽词翰，一诗一简，类有动于人。然出于小听挟慧，拘于气习之陋，而未适乎情性之正。比大家氏之才之行，足以师表六宫，一时文学而光父兄者，不得并议矣。

瞿佑《易安乐府》 清献名家厄运乖，羞将晚景对非才。西风帘卷黄花瘦，谁与赓歌共一杯。

徐伯龄《女人咏史》 宋朱淑真，钱塘民家女也。偶非其类，而悒悒不得志，往往形诸语言文字间。……当时赵明诚妻李氏，号易安居士，诗词尤独步，缙绅咸推之。其“绿肥红瘦”之句暨“人与黄花俱瘦”之语传播古今；又“宠柳娇花”之言，为词话所赏识。晦庵朱子云：“今时妇人能文，只有李易安与魏夫人。李有《咏史》诗曰：‘两汉本继绍，新室如赘疣。所以嵇中散，至死薄殷周。’中散非汤武得国，引之以比王莽。如此等语，岂女子所能。”以是方之，淑真似不及也。然易安晚年失节汝舟，而为其反目，至与綦处厚手札言：“猥以桑榆之晚景，配此驵侩之下才。”而淑真怨形流荡，至云：“欲作一篝伤心泪，寄与南楼薄倖人。”虽有才致，令德寡矣。

王世贞《艺苑卮言》　《花间》以小语致巧，《世说》靡也；《草堂》以丽字取妍，六朝媮也。即词号称诗馀，然而诗人不为也。何者，其婉娈而近情也，足以移情而夺嗜；其柔靡而近俗也，诗嘽缓而就之，而不知其下也。之诗而词非词也，之词而诗非诗也。言其业，李氏、晏氏父子，耆卿、子野、美成、少游、易安，至也，词之正宗也。温、韦艳而促，黄九精而险，长公丽而壮，幼安辨而奇，又其次也，词之变体也。词兴而乐府亡矣，曲兴而词亡矣，非乐府与词之亡，其调亡也。

郎瑛《七修类稿》　赵明诚，字德甫，清献公中子也。著《金石录》一千卷。其妻李易安，又文妇中杰出者，亦能博古穷奇，文词清婉，有《漱玉词》行世。诸书皆曰与夫同志，故相亲相爱之极。予观其叙《金石录》后，诚然也。但不知胡为有再醮张汝舟一事。呜呼！去蔡琰几何哉！此色移人，虽中郎不免。

张丑《清河书画舫》申集引《才妇录》　易安居士能书、能画，又能词，而尤长于文藻。迄今学士每读《金石录序》，顿令精神开爽。何物老妪生此宁馨，大奇，大奇！

陈宏绪《寒夜录》　李易安诗馀脍炙千秋，当在《金荃》、《兰畹》之上。古文如《金石录后序》自是大家举止，绝不作闺阁妮妮语。《打马图序》亦复磊落不凡。独其诗歌无传，仅见《和张文潜浯溪中兴碑》二篇。……二诗奇气横溢，尝鼎一脔，已知为驼峰麟脯矣。古文、诗歌、小词并擅胜场，虽秦、黄辈犹难之，称古今才妇第一，不虚也。

宋祖法等《崇祯历城县志》 历下山川奇秀，激为清音。李家一女郎，犹能驾秦轶黄，凌苏轹柳，而况稼轩老子哉！蒐渔废簏，附于诗文之后，亦以见历人负有奇情，即乐府小道，亦足擅绝宇内云。

王象春《题漱玉集》 宋朝名迹此中稀，劀水黥山感异时。唯有女郎风雅在，又随兵舫泣江篱。

张娴婧《读李易安漱玉集》 从来才女果谁俦，错玉编珠万斛舟。自言人比黄花瘦，可似黄花奈晚秋。

宋征璧《倚声前集初编》 吾于宋词得七人焉：曰永叔，其词秀逸；曰子瞻，其词放诞；日少游，其词清华；曰子野，其词娟洁；日方回，其词鲜清；曰小山，其词聪俊；曰易安，其词妍婉。

王士禛《花草蒙拾》 张南湖云："词派有二，一曰婉约，一曰豪放。仆谓婉约以易安为宗，豪放惟幼安称首，皆吾济南人，难乎为继矣。"

王士禛《分甘馀话》 凡为诗文，贵有节制，即词曲亦然。正调至秦少游、李易安辈为极致，若柳耆卿则靡矣。变调至东坡为极致，辛稼轩豪于东坡而不免稍过。若刘改之则恶道矣。学者不可不辨。

陆昶《历朝名媛诗词》 清照诗不甚佳，而善于词，隽雅可诵。即如《春残》绝句“蔷薇风细一帘香”，甚工致，却是词语也。

邹祇谟《远志斋词衷》 杨用修云：诗圣如子美，而集内填词无闻。少游、易安词极工矣，而诗殊不强人意。揆之通论，夫岂尽然。

沈谦《填词杂说》 男中李后主，女中李易安，极是当行本色。

沈彩《论妇人诗绝句四十九首》 易安彩笔擅词章，诗格寥寥仅数行。依旧浣溪沙里句，蔷薇风细一帘香。

李调元《雨村词话》 易安在宋诸媛中，自卓然一家，不在秦七、黄九之下。词无一首不工。其炼处可夺梦窗之席，其丽处直参片玉之班。盖不徒俯视巾帼，直欲压倒须眉。

江昱《论易安词》 漱玉便娟态有馀，赵家芝草梦非虚。最怜九日销魂句，吟瘦郎君总不如。

江顺诒《词学集成》 比词于诗，原可以初盛中晚论，而不可以时代后先分。如南唐二主似唐之初，秦、柳之琐屑，周、张之纤靡，已近于晚。北宋惟李易安差强人意。至南宋白石、玉田始称极盛，而为词家之正轨。

沈祥龙《论词随笔》 绵婉宜学耆卿、易安，然不可失于纤巧。

陈廷焯《云韶集·词坛丛话》 李易安风神气格，冠绝一时，直欲与白石老仙相鼓吹，妇人能词者，代有其人，未有如易安之空绝前后者。

又 朱淑真词风致之佳，情词之妙，真可亚于易安。宋妇人能诗词者不少，易安为冠，次则朱淑真，次则魏夫人也。

陈廷焯《云韶集》 易安格律绝高，不独为妇人之冠，几欲与竹屋、梅溪分庭抗礼。

又 易安词骚情诗意，高者入方回之室，次亦不减叔原、耆卿。两宋妇人能词者不少，无出其右矣。

陈廷焯《白雨斋词话》 李易安词独辟门径，居然可观。其源自从淮海、大晟来。而铸语则多生造。妇人有此，可谓奇矣。

又 闺秀工为词者，前则李易安，后则徐湘蘋。明末叶小鸾，较胜于朱淑真，可为李、徐之亚。

又 两宋词家各有独至处，流派虽分，本原则一。惟方外之葛长庚，闺中之李易安，别于周、秦、姜、史、苏、辛外独树一帜，而亦无害其为佳，可谓难矣。然毕竟不及诸贤之深厚，终是托根浅也。

又 葛长庚词脱尽方外气，李易安词却未脱尽闺阁气。然以两家较之，仍是易安为胜。

又 宋闺秀词自以易安为冠。朱子以魏夫人与之并称，魏夫人只堪出朱淑真之右，去易安尚远。

谭莹《论词绝句》 绿肥红瘦语嫣然，人比黄花更可怜。若并诗中论位置，易安居士李青莲。

冯煦《论易安词》 金石遗文迥出尘，一编《漱玉》亦清新。玉箫声断人何处？合与南唐作替人。

李慈铭《越缦堂读书记》 余于词非当家，所作者真诗馀耳，然于此颇有微悟。盖必若近若远，忽去忽来，如蛱蝶穿花，深深款款，又须于无情无绪中，令人十步九回，如佛言食蜜，中边皆甜。古来得此旨者，南唐二主、六一、安陆、淮海、小山及李易安《漱玉词》耳。

沈曾植《菌阁琐谈》 易安倜傥，有丈夫气，乃闺阁中之苏辛，非秦柳也。

又 易安跌宕昭彰，气调极类少游，刻挚且兼山谷。篇章惜少，不过窥豹一斑。闺房之秀，固文士之豪也，才锋大露，被谤殆亦因此。自明以来，堕情者醉其芬馨，飞想者赏其神骏。易安有灵，后者当许为知己。渔洋称易安、幼安为济南二安，难乎为继。易安为婉约主，幼安为豪放主。此论非明代诸公所及。

况周颐《蕙风词话》 以词格论，淑真清空婉约，纯乎北宋；易安笔情近浓至，意境较沉博，下开南宋风气。非所诣不相若，则时会为之也。

王僧保《论词绝句》 易安才调美无伦，百代才人拜后尘。比似禅宗参实意，文殊女子定中身。

王易《词曲史》 集中名句皆深刻精透，不拾前人牙慧，宜其睥睨一切矣。

郑骞《成府谈词》 沈曾植《菌阁琐谈》：“易安跌宕昭彰，气调极类少游，刻挚且兼山谷。……自明以来，堕情者醉其芬馨，飞想者赏其神骏。易安有灵，后者当许其知己。”自来论易安词，未有如此深透者。拈出“神骏”二字，尤为特识，故云易安当许后者为知己也。易安词如《南歌子》“天上星河转”、《临江仙》“庭院深深深几许”、《渔家傲》“天接云涛连晓雾”诸首，皆所谓刻挚神骏之作。他如《浣溪沙》“淡荡春光寒食天”、《摊破浣溪沙》“病起萧萧两鬓华”、《醉花阴》“薄雾浓云消永昼”诸首，亦皆于芳馨之中，寓神骏之气。若夫《声声慢》、《如梦令》诸传诵作品，实非易安极诣。周介存论易安云：“闺秀词惟清照最优，究苦无骨。”盖先存一闺秀作品无骨之成见，又仅就《声声慢》一类词立论耳。尝疑周氏所见易安词，恐只《声声慢》、《如梦令》、《武陵春》、《凤凰台上忆吹箫》等数首。

词 论

李清照

乐府声诗并著，最盛于唐。开元、天宝间，有李八郎李衮者，能歌擅天下。时新及第进士开宴曲江，榜中一名士先召李，使易服隐姓名，衣冠故敝，精神惨沮，与同之宴所，曰："表弟愿与座末。"众皆不顾。既酒行乐作，歌者进，时曹元谦、念奴为冠，歌罢，众皆咨嗟称赏。名士忽指李曰："请表弟歌。"众皆哂，或有怒者。及转喉发声，歌一曲，众皆泣下，罗拜，曰："此李八郎也。"自后郑、卫之声日炽，流靡之变日烦，已有《菩萨蛮》、《春光好》、《莎鸡子》、《更漏子》、《浣溪沙》、《梦江南》、《渔父》等词，不可遍举。五代干戈，四海瓜分豆剖，斯文道息。独江南李氏君臣李璟、李煜、冯延巳尚文雅，故有"小楼吹彻玉笙寒"李璟《山花子》（菡萏香销翠叶残）、"吹皱一池春水"冯延巳《谒金门》（风乍起）之词。语虽甚奇，所谓"亡国之音哀以思”也。

逮至本朝，礼乐文武大备。又涵养百馀年，始有柳屯田永者，变旧声，作新声，出《乐章集》，大得声称于世；虽协音律，而词语尘下。又有张子野张先、宋子京兄弟宋郊、宋祁，沈唐、元绛、晁次膺晁端礼辈继出，虽时时有妙语，而破碎何足名家。至晏元献晏殊、欧阳永叔欧阳修、苏子瞻苏轼，学际天人，作为小歌词，直如酌蠡水于大海，然皆句读不葺之诗尔，又往往不协音律者。何耶？盖诗文分平侧，而歌词分五音，又分五声，又分六律，又分清浊轻重。且如近世所谓《声声慢》、《雨中花》、《喜迁莺》，既押平声韵，又押入声韵；《玉楼春》本押平声韵，又押上去声韵，又押入声。本押仄声韵，如押上声则协；如押入声，则不可歌矣。王介甫王安石、曾子固曾巩，文章似西汉，若作一小歌词，则人必绝倒，不可读也。乃知别是一家，知之者少。后晏叔原晏幾道、贺方回贺铸、秦少游秦观、黄鲁直黄庭坚出，始能知之。又晏苦无铺叙，贺苦少典重。秦即专主情致，而少故实，譬如贫家美女，虽极妍丽丰逸，而终乏富贵态。黄即尚故实，而多疵病，譬如良玉有瑕，价自减半矣。